Dietrich Volkmer

Kassandra

Die Seherin von Troja

Dietrich Volkmer

Kassandra

Die Seherin von Troja

Die Deutsche Nationalbibliothek verzeichnet diese
Publikation in der Deutschen Nationalbibliografie;
Deteaillierte bibligrafische Daten sind im Internet über
http://dnb.ddb.de
abrufbar

Text, Layout und Umschlaggestaltung: Dr. Dietrich Volkmer

www.literatur.drvolkmer.de

Internet-Seiten
www.literatur.drvolkmer.de
www.privat.drvolkmer.de
www.buchtipps.drvolkmer.de
www.drvolkmer.de

Herstellung und Verlag:
BoD - Books on Demand,
Norderstedt
Printed in Germany,

ISBN: 9783757860813

Inhalt

Kassandra sagt in Gegenwart von Priamos den
Untergang Trojas voraus
Fresko aus Pompeji, Archäologisches Nationalmu-
seum Neapel

Was ich Ihnen im Vorspann sagen möchte

Wenn die Menschen heutzutage den Namen Kassandra, also meinen Namen, hören, so befürchten sie immer nur das Schlimmste oder assoziieren alles mit Unglück oder schlechten Nachrichten.

Das stimmt mich ein wenig traurig.

Daher möchte ich in diesem Buch diese Gedankenverbindungen etwas ändern und Ihnen, verehrte Leser, meine Geschichte erzählen, auf dass Sie mich besser verstehen.

Hätte Hekabe, die Frau des Königs Priamos in Troja während ihrer Schwangerschaft nicht diesen schlechten Traum gehabt, hätte ich nicht diesem Traum eine (meine) Deutung gegeben, wäre Paris nach seiner Geburt nicht ausgesetzt worden, hätte Zeus nicht in den Streit der drei Göttinnen auf der Hochzeit von Peleus und Thetis klärend eingegriffen, wäre Aphrodite nicht ins Spiel gekommen, wäre Helena nicht von Paris geraubt worden, hätten die Griechen unter Agamemnon nicht Rache geschworen, dann hätte der Trojanische Krieg nicht stattgefunden, ja, und wie wäre es dann um das große Epos von Homer, die Ilias, bestellt gewesen?

Und denken wir noch etwas weiter, Odysseus war doch auch in diesem zehnjährigen Krieg eine der bestimmenden Personen, was wäre dann aus seiner ebenfalls zehnjährigen Heimreise geworden, wenn er nie in Troja gewesen, sondern daheim auf Ithaka geblieben wäre? Kirke, Kalypso, Nausikaa hätten ihn dann nie gesehen. Und den einäugigen Polyphem hätte die Welt nie kennen gelernt, auch die Sirenen nicht! Die Odyssee, das zweite große Werk von Homer, wäre nie geschrieben worden.

Wie man unschwer erahnen kann, ich für meine Person war von Anfang an in der ganzen Geschichte dabei. Leider bis zum bitteren Ende.

Denn: Alles begann in Troja. Aber davon später ausführlich.

Manchmal erscheint alles so oberflächlich einfach, bei genauem Hinsehen werden die Dinge aber doch etwas komplizierter.

Das sind jetzt einmal nur kurze Andeutungen. Auf den Folgeseiten soll das Thema etwas umfassender und die einzelnen Stichwortsätze zum besseren Verständnis näher ausgeleuchtet werden.

Also folgen Sie mir nun einmal ganz unvoreingenommen.

Meine Jugendzeit

Als ich noch ein kleines Mädchen war, habe ich oft mit meinem Vater, dem König Priamos von Troja, zusammen mit seiner Frau, meiner Mutter Hekabe, abends an der Burgmauer der Stadt gestanden und nach Westen geschaut, um den Sonnenuntergang über dem Meer zu geniessen.

Ich liebte das Spiel der Farben, wenn aus dem leuchtenden Gelb langsam ein kräftiges Orange wurde, das wiederum in einem dunkler werdenden Rot ausklang. Besonders eindrucksvoll war es immer, wenn ganz zufällig ein Schiff wie ein Schattenspiel durch die Farbensymphonie des Meeres hindurch zog.

Mein Vater freute sich immer über die vielen Schiffe, die in Troja anlegten oder die Stadt passierten, entweder weiter nach Süden, nach Milet und Ephesus oder gar bis nach Ägypten oder anders herum durch den Hellespont bis in den Pontos, das Schwarze Meer.

„Troja ist eine wichtige Stadt," meinte er immer, „der Handel blüht und den Menschen hier geht es gut. Die vielen Seeleute, die bei uns Halt machen bringen immer viele Neuigkeiten aus all den Städten und Ländern mit, die sie besucht haben. Und ausserdem lassen sie auch einiges an Geld hier in der Stadt. Wer so lange auf See war, ist immer froh, wenn er ein wenig Abwechslung geniessen kann. Sie bewundern stets unsere Stadt, unsere Burg und die starken Mauern, die jedem Feind stand halten können. Und bringen sie aus der Ferne nicht oft auch Güter und Speisen mit, die wir noch gar nicht kennen?"

Wenn mein Vater jedesmal so positiv über Troja, seine Stadt, sprach, dann holte er weit mit der rechten Hand aus und strich fast symbolisch in der Luft von links nach rechts, als ob er die Stadt vereinnahmen möchte.

Hekaba, die ja viel jünger als er war, stand dann dabei und lächelte nur.

„Wenn er Troja aus dieser Sicht sehen kann, dann ist er zufrieden."

Polyxane, meine jüngere Schwester, hatte kein Interesse an diesen beschaulichen Betrachtungen und widmete sich lieber ihrem kleinen Lämmchen, das mein ältester Bruder Hektor ihr geschenkt hatte.

Sie bewunderte Hektor, wenn er so voller Stolz mit einer Waffe in der Hand durch die Stadt ging. Aber nicht nur sie. Alle Mädchen und jungen Frauen, mich eingeschlossen, die älteren Frauen wahrscheinlich auch, bewunderten Hektor. Am liebsten hätten ihn viele als Marmorstandbild ins Haus oder in den Garten gestellt.

Hektor ertrug diese jugendliche Verehrung mit Geduld und Charme. Alle waren übrigens gespannt, wen er wohl eines Tages als Ehefrau auswählen würde.

Zu meinem jüngeren Bruder Deiphobos hatte ich wenig Kontakt, er war nicht gerade kommunikativ und war gern für sich allein. Meinem Vater war das alles andere als recht.

„Ein trojanischer Königssohn taugt nicht als Stubenhocker, sondern sollte sich für Kampfspiele und Waffenkunde interessieren".

Neben den vielen anderen Kindern mochte ich besonders gern Troilos, er war der jüngste und war der Liebling der Mägde, die ihm ab und zu etwas Gutes zusteckten.

Erzählungen unserer alten Magd

Wir hatten auf der Burg eine alte treue Magd, die schon fast erblindet war. Aber sie konnte so herrliche Geschichten erzählen.

Eines Abends sagte sie zu mir: „Mein Kind, ich bin nun schon so alt und werde wohl nicht mehr lange leben. Bevor ich in das dunkle Reich der Schatten eingehe, möchte ich dir ein wenig über die Geschichte unserer stolzen Stadt berichten. Ich glaube, du bist die einzige der Kinders unseres Königs Priamos, die daran Interesse hat."

Sie fuhr sich mit den Händen durch die schon lange ergrauten Haare und begann:

„Vor langer Zeit herrschte hier ein König Tros, nach dem die Einwohner damals Trojer oder Trojaner genannt wurden. Er hatte einen Sohn mit Namen Ganymedes, der an Schönheit alle anderen sterblichen Jugendlichen hier im weiter Umkreis überstrahlte. Zeus, der ihn erspäht hatte und ihn seiner Familie missgönnte, verwandelte sich in einen Adler und als der Jüngling draussen im Gebirge bei den Herden seines Vaters eingeschlafen war, stiess er hernieder, ergriff ihn und entführte ihn durch die Lüfte bis hoch auf den Olymp. Als unsterbliche Jugendschönheit diente er fortan als Mundschenk von Zeus. Der Nachfolger von Tros hiess Ilos. Er hatte bei Wettkämpfen eine heilige Kuh geschenkt bekommen und laut eines Orakelspruches sollte er dort, wo die Kuh sich niederlegte, eine Stadt gründen. Er folgte der Kuh und unweit des Strandes liess sie sich nieder. Nach ihm wurde die Stadt Ilios genannt, zugleich wurde sie Hauptstadt des Trojanerlandes und wurde auch Troja genannt. Eine hochragende Burg wurde der Mittelpunkt der Stadt. Sein Nachfolger Laomedon liess um die Stadt eine starke Mauer errichten. Poseidon und Apollon halfen dabei. Jedoch verweigerte Laomedon ihnen den Lohn. Erzürnt entliess Apollo eine Seuche über die Stadt. Und Poseidon schickte ein schreckliches Ungeheuer, das rings um die Stadt alles verwüstete. Nur wenn der König seine schöne Tochter Hesione ihm opfern würde, wollte es die Stadt verschonen. Gerade als das Untier das Mädchen verschlingen wollte, kam zum Glück gerade Herakles an der trojanischen Küste vorbei und tötete das Ungeheuer.

Doch Laomedon hielt sich wieder nicht an die versprochene Belohnung. Herakles war darüber enttauscht und erzürnt. Er kündete Vergeltung an. Der König hatte noch so großspurig getönt, was könne ein einzelner schon gegen diese starke Stadt ausrichten. Aber Herakles kam mit achtzehn Schiffen zurück, eroberte die Stadt, erschlug den König und seine Söhne. Hesione wurde mit einem Freund von ihm vermählt. Unserem jetzigen König Priamos gelang es, die zerstörten Mauern und die Burg wieder aufzubauen und die Stadt in ihrer jetzigen Schönheit und ihrem Stolz wieder aufzurichten. So, meine liebe Kassandra, wenn du eines Tages Kinder hast, dann kannst du ihnen die Geschichte von Troja genauso erzählen, so wie ich es jetzt mit dir gemacht habe."

Begegnung mit Apollon

Eines Tages philosophierte Priamos beim Anblick seiner Stadt wieder mal.

„Ich glaube, andere Städte in Hellas beneiden uns etwas um unseren Wohlstand. So etwas weckt immer Begehrlichkeiten. Reisende haben wir einmal von Agamemnon, dem Herrscher von Mykene, berichtet, der sein Reich auch gern ausdehnen würde, denn Mykene liegt doch etwas abseits vom Meer und hat daher nicht diese Einkünfte wie wir sie haben. Zum Glück für ihn, wurde er seinen Bruder Menelaos nach Sparta los, wo er die schöne Tochter Helena des Königs Tyndareus heiraten durfte und die Herrschaft über Sparta übernahm. Aber Sparta liegt weit weg von uns entfernt. Und die Athener, ja, die haben schon immer eine innige Beziehung zum Thema Geld gehabt. Deren Schiffe sehe ich gar nicht so gern bei uns. Ich traue denen nicht so sehr."

Hekabe nickte dazu wieder. Sie meinte immer, dass seien Männersachen, das ginge sie nichts an. Ich selbst habe immer nur zugehört, da ich mich in Hellas überhaupt nicht auskannte und Troja nur einmal für eine kurze Fahrt durch das umliegende Phrygien verlassen habe. Mein Vater meinte immer, Reisen sei nichts für junge Frauen. Hier gäbe es bei der großen Familie genug zu tun!

Eines Tages kam aufgeregt ein Bote ins Schloss gelaufen.

„Unten am Hafen ist ein neues Schiff eingelaufen. Ein solches Segel habe ich noch nie gesehen. Auf dem Segel ist eine große Sonne abgebildet. Es scheinen besondere Gäste zu sein."

Wir stürzten gleich an das Geländer der Burg, um uns selbst davon zu überzeugen. In der Tat, das schien wirklich ein besonderes Schiff zu sein. Die Seeleute waren dabei das Schiff fest zu zurren und als sie fertig waren, stieg ein junger Mann, so weit wir das von hier oben erkennen konnten, an Land, von drei Männern begleitet.

Nach einiger Zeit betrat er unsere Burg und bat um ein Gespräch mit meinem Vater.

Priamos schickte uns Kinder fort und wollte sich allein mit dem Fremden unterhalten, denn er schien von weiter herzukommen und brachte sicher viele Neuigkeiten mit. Mir gelang es, durch eine Ritze in der Tür einen Blick auf den Neuankömmling zu werfen. Er sah blendend aus und machte einen selbstbewussten Eindruck.

Im Nebenzimmer konnten wir, Polyxane und ich, ein wenig vom dem Gespräch mit bekommen.

Der Gast bedankte sich als erstes dafür, dass er von meinem Vater so freundlich empfangen wurde. Er hätte schon eine längere Reise hinter sich, er kam aus Ägypten, wie er sagte, und hätte in Milet und Ephesus einen Halt eingelegt.

Dort hätte er erfahren, dass König Priamos eine hübsche, noch unverheiratete Tochter hätte und da er vorhätte, eine Familie zu gründen, hätte ihn sein Weg hierher nach Troja geführt, um sich die hübsche Tochter einmal anzuschauen, wenn Priamos damit einverstanden wäre.

Ich glaube, ich bin im Nebenzimmer richtig errötet, mein Herz klopfte, denn er konnte im Grunde nur mich meinen, denn Polyxane war noch zu jung. Wie würde mein Vater jetzt wohl reagieren?

„Werter Gast, unsere traditionelle Gastfreundschaft gebietet es uns, dich erst einmal mit Speise und Trank zu bewirten. Dein Wunsch, meine Tochter zu schauen, hat noch etwas Zeit. Ich werde jetzt einmal Hekabe bitten, in der Küche für dich etwas vorbereiten zu lassen. Aber berichte mir einmal von deiner Reise nach Ägypten. Wie man immer wieder von Reisenden und Kaufleuten erfährt, müssen die Ägypter ja wahrlich beeindruckende Denkmäler für ihre verstorbenen Herrscher errichtet haben. Und wenn man den Nil, diesen geheimnisvollen Fluss, weiter gen Süden fährt, soll es große Tempel geben, gegen die sich unsere heiligen Gebäude in Delphi, Korinth und Athen als ziemlich klein erweisen sollen."

14

Zwei Dienerinnen brachten inzwischen Brot, Oliven, Käse, Obst und Wein. Der junge Mann langte mit grossem Appetit zu.

„Die Ägypter haben ganz andere Götter als wir sie hier in Hellas haben. Sie beten auch viele Tiere an. Auch Krokodile! Der oberste Gott ist Amun-Re, der aber verschiedene Gestalten annehmen kann. Es gibt auch keinen Hades wie hier, sondern die Verstorbenen leben in einer Art Jenseits weiter, das so ähnlich sein soll, wie das frühere Leben. Die Trauernden geben den Toten auch alles Mögliche mit auf ihren Weg, damit sie in der anderen Welt keine Not leiden, sogar kleine Figuren, die ihnen dann dienen und zur Hand gehen sollen. Ich selbst habe zwei volle Monde in einem Tempel bei den Priestern gelebt und viel über ihre geheimnisvollen Riten und Praktiken gelernt. Es gäbe sicher noch viel zu erzählen, aber wenn du nichts dagegen hast, würde ich gern einmal deine Tochter kennen lernen. Jemand in Milet hat sogar berichtet, sie wäre so schön wie Aphrodite.“

Nun, ich war es zwar gewohnt, dass alle jungen Männer hier in Troja mir hinterher schauten, aber so ein Kompliment hatte ich noch nie gehört.

Priamos zögerte noch ein wenig. Irgendwie kam ihm wohl der Wunsch des Fremden und sein Halt für ausschliesslich diesen Zweck etwas befremdlich vor.

„Bevor ich dir meine Tochter vorstelle, möchte sicher meine Frau Hekabe dich einmal kennen lernen. Denn du hast etwas von Eheplanung erzählt, dafür sind bei uns hier in Troja die Frauen zuständig. Das letzte Wort habe allerdings ich, wie in Hellas allgemein üblich.“

Hekabe trat hinzu und schaute den Fremden kurz an. Die Hand reichen, das war für Frauen nicht üblich, schon gar nicht bei fremden Männern.

„Jetzt, wo auch du dabei bist, kann ja Kassandra einmal kurz vorbei schauen. Wir lassen sie mal kommen.“

Etwas schüchtern und beeindruckt war ich schon, als ich neben den Eltern und dem Gast Platz nahm.

Der Fremde schaute mich strahlend an und ergriff sofort das Wort:

„Die Menschen in Milet haben wahrhaftig Recht gehabt. Deine Eltern können stolz sein, dass die Götter ihnen eine solch hübsche Tochter geschenkt haben. Ich bin zutiefst beeindruckt. Aphrodite könnte neidisch werden. Es muss ein grosses Glück sein, eine solche Frau zur Ehefrau zu haben. Ich weiss, ich bin erst kurze Zeit bei euch und ich bin euch weitgehend fremd. Mein Weg führt mich hier von Phrygien noch weiter über den Hellespont bis an die fernen Gestade des Pontos. In nicht allzu langer Zeit werde ich aber zurückkehren. Aber um meinem Werben etwas Farbe zu verleihen, möchte ich dir, liebe Kassandra, ein grosses Geschenk machen, das mich die Amun-Priester in Ägypten gelehrt haben. Es ist die grossartige Gabe, die Zukunft vorauszusehen. Und nicht nur das: Auch die Deutung der Träume schenke ich dir. Die Welt wird dann für dich eine ganz andere sein."

Er legte beide Hände zusammen, verneigte sich, schwieg einen Moment und schaute mich dabei an.

„Damit du an mich denkst: Fortan wirst dir diese Göttergabe beschieden sein.."

Er erhob sich und dankte für die Bewirtung.

„Ich glaube, meine Männer auf dem Schiff sind schon ungeduldig und warten auf mich. Möge Zeus euch weiter wohl gesonnen bleiben."

Mit einer kurzen Verbeugung verliess er den Saal.

Wir drei waren alle etwas ratlos.

„Was hältst du, Mutter, von diesem Angebot? Kann man so ohne weiteres einem Fremden folgen? Den man nur einmal kurz kennen gelernt hat?"

Hekabe atmete einmal tief durch.

„Wir wissen kaum etwas über ihn. Wo ist seine Heimat? Wo ist sein Reich, wenn er überhaupt eines hat? Sicher, er sieht blendend aus, das kann einer jungen Frau schon imponieren. Aber ich glaube Priamos und ich möchten dich nicht gerne an jemanden verlieren, der uns reichlich unbekannt ist. So eine Schnell-Werbung erscheint uns doch etwas merkwürdig. Und gibt es hier in Troja und Umgebung nicht genügend junge Männer, die für dich einen guten Ehemann abgeben würden?"

Zugegeben, ich war jetzt völlig verwirrt. Die so gut vorgetragenen Komplimente haben schon in mir etwas ausgelöst. Jetzt werde ich erst einmal schauen, was dieses eigenartige Geschenk für mich bedeutet. In die Zukunft sehen, was könnte das für mich für einen Sinn haben? Und bei wem und für was sollte ich es anwenden? Wer würde jetzt deswegen zu mir kommen? Und trüge ich damit nicht auch eine ungeheure Verantwortung? So stellte ich mir vor, es käme ein kranker Mensch zu mir und wollte wissen, wann er wieder gesund wäre oder ob er überhaupt wieder gesund werden würde? Oder die Frage von Schwangeren: Wird es ein Junge oder ein Mädchen? An mehr mochte ich gar nicht denken. Ich beschloss, diese Gabe nur äusserst selten zu gebrauchen, sie ruhen zu lassen und meinen Mitmenschen nicht davon zu berichten. Meine Mutter und meinen Vater bat ich, dieses Geheimnis für sich zu behalten.

Hekabe war ohnehin skeptisch: „Wer weiss, ob er überhaupt wieder kommt. Viele Männer versprechen immer viel, aber halten nicht immer ihr Versprechen. Nehmen wir daher den ganzen Besuch mal als interessante Abwechslung in unserem Alltag."

Die Gedanken kreisten immer wieder in meinem Kopf. Bislang hat noch kein Mann um mich geworben und da kommt so unvorgesehen ein gut aussehender und welterfahrener Mann daher und spricht von einer Ehe. Wenn ich ehrlich bin, selbst im Schlaf verfolgt mich manchmal das Geschehen.

Es vergingen ungefähr zwei Monate, als unser Bote wieder atemlos in die Burg gerannt kam.

„Das Schiff mit der Sonne auf dem Segel ist wieder da. Ein Mann ist bereits ausgestiegen."

Es dauerte nicht lange, und der Fremde näherte sich der Burg.

Mein Vater entschied, ihn erst einmal allein zu sprechen.

„Werter Fremder, auch diesmal heisse ich dich willkommen und wir wollen das alte Ritual der Gastfreundschaft nicht vergessen. Wir haben geahnt, nachdem uns dein Schiff gemeldet wurde, dass du kommst und haben alles vorbereiten lassen. Aber zuvor würde ich gern einmal wissen, wo deine Heimat liegt und wie dein Name ist."

„Das kann ich verstehen," antwortete der Fremde, „darüber haben wir das letztemal nicht gesprochen. Bevor ich auf eure Fragen Antwort gebe, bitte ich dich, dein Einverständnis vorausgesetzt, dass deine Frau und Kassandra dabei sind."

Wir hatten natürlich wieder gelauscht und haben alles mit gehört.

Mein Vater hatte jedoch noch einen Einwand.

„Bevor ich meine Frau und meine Tochter hierher bitte, möchte ich dich, Fremder, um etwas Verständnis bitten: Als Vater habe ich ja der Tradition gemäss ein entscheidendes Mitspracherecht bei allem was die Eheanbahnung der Töchter anbegeht. Nachdem du damals weiter gereist bist, haben wir ausführlich über alles diskutiert. Wir sind im Einklang mit Kassandra zu der Entscheidung gekommen, dass wir unsere älteste Tochter, an der wir beide sehr hängen, in unserer Nachbarschaft behalten wollen. Entweder wird es ein Mann aus Troja sein oder irgendein Prinz hier aus Phrygien."

Der Fremde zuckte etwas mit den Schultern.

„Ich habe euren Entschluss zur Kenntnis genommen, möchte aber trotzdem mit Kassandra und deiner Frau ein Wort reden."

Hekabe und ich betraten den Raum.

Der Fremde schaute mich eindringlich an.

„Dein Vater hat mir eure Meinung kund getan. Daher möchte ich zum Schluss euch noch einiges von mir erzählen, damit ihr wisst, wer ich bin. Also, meine Mutter heisst Leto und ich bin zusammen

mit meiner pfeil- und bogen-bewaffneten Zwillingsschwester Artemis auf Delos zur Welt gekommen. Ich denke, es hat sich sicher
auch bis zu euch herumgesprochen, wer mein Vater ist. Ich bin Apollon! Trotz meiner göttlichen Abstammung habe ich auch so einige
menschliche Schwächen. Wenn ich, wie hier bei euch, ein so hüb-
sches junges Mädchen sehe, kann ich mein Verlangen auch nicht zügeln. Aber ich bin nicht so wie mein Vater, der in solchen Fällen
trotz Heras Verdruss, alles daran setzte, diese Schönheiten auf seine
Art und Weise zu erobern. Sicherlich habt ihr schon von der schönen
Helena gehört, die jetzt die Gattin von Spartas König Menelaos ist.
Auch sie ist eine Tochter von Zeus. Nun zu euch: Ich akzeptiere
euren Entschluss. Aber es bedarf noch einer kleinen, aber wichtigen
Korrektur meines Geschenkes an dich, liebe Kassandra. Auch Götter
können sich verletzt fühlen, ich will nicht von beleidigt sprechen,
wenn ihnen von den Sterblichen ihre Wünsche oder Absichten ab-
gelehnt werden. Ich habe dir die Gabe des Sehens in die Zukunft
verliehen. Dieses Geschenk kann ich nicht mehr zurücknehmen, das
bleibt dir erhalten. Aber in Zukunft wird sich etwas daran ändern.
Wenn du irgend jemandem ein Ereignis oder die Zukunft vorausa-
gen willst oder wirst, dann wird dir nach dem heutigen Tag niemand
mehr glauben, ja, es kann sein, dass man dich auslacht. Also gebrau-
che diese veränderte Gabe sehr bescheiden und vorsichtig."

Mit diesen Worten erhob er sich, verbeugte sich kurz vor mir
und verliess den Raum.

Kurze Zeit später kam wieder unser Bote und meldete uns die Ab-
fahrt des Schiffes mit der Sonne im Segel.

„Aber seltsam," ergänzte er, „ich habe mich auch bei den Männern
am Hafen herum gehört. Die Seeleute von dem Schiff haben mit niemandem gesprochen. Keiner von ihnen wusste, wo das Schiff her-
kam und auch nicht, welches Ziel es vor sich hatte."

Man kann sich vorstellen, was nun in uns allen drei vorging.

Ein Gott, ein lebendiger Gott vom Olymp, ein Sohn vom Göttervater Zeus, landet hier bei uns in Troja, mit der Absicht sich mir zu nähern, weil er von mir an anderen Orten gehört hatte. Das kann man niemandem erzählen, das glaubt uns niemand. Die Leute würden über uns lachen.

Wir beschlossen wieder, diese Begegnung für uns zu behalten.

Hekabes Traum von der Zerstörung Trojas

Bis jetzt hatte ich sein Geschenk kaum ausprobiert. Ich hatte festgestellt, dass ich ganz intensiv daran denken musste, bevor sich bei mir so etwas wie eine Zukunftssicht einstellte. Bislang habe ich es versucht, ohne jemanden über das von mir Gesehene zu informieren. Darüber war ich auf der einen Seite erleichtert, aber auf der anderen Seite etwas erschrocken. Für den, der mehr sehen kann als andere, ist es wohl doch eine nicht geringe Belastung, die dann auf ihm ruht. Etwas wissen und es dann doch nicht weitergeben zu dürfen! Und jetzt noch dazu die vom Gott Apollon verfügte Einschränkung! Aber ausgelacht oder gar verspottet werden, das wollte ich auch nicht. Also liess ich es ruhen und fühlte mich dabei so etwas wie erleichtert.

Jedoch konnte ich mir, und Hekabe bestätigte mich darin, kaum vorstellen, dass ein Geschenk eines Gottes nicht auch irgendwann wirksam werden oder eingelöst werden müsste.

Und es kam! Mit solchen Folgen, die ich mir selbst im Traum nicht hätte vorstellen können.

Der Winter nach dem Besuch von Apollon war ungewöhnlich kalt, es regnete viel und aus dem Norden wehte ein kalter Wind. Wir mussten daher in zwei Räumen der Burg, in denen wir uns am meisten aufhielten, in den Kaminen ein Feuer anmachen.

„So ist unsere Vorderseite," wie Hektor spöttisch bemerkte, „wenigstens etwas warm, aber der Rücken hinter uns bleibt eben etwas kühler."

Eines Tages sagte Hekabe zu mir: „Ich glaube, ich bin schwanger. Dabei glaubte ich immer, ich hätte diese Zeit hinter mir, aber die Götter haben es sich wohl anders überlegt. Ich habe es auch Priamos erzählt. Zuerst schien er etwas betroffen."

„Haben wir nicht schon genug Kinder? Aber wenn es denn schon sein soll, dann will ich doch versuchen, Freude zu empfinden. Das soll nun aber wirklich das letzte sein. Und hoffentlich wird es ein Junge."

Damit war für ihn das Thema erst einmal abgehandelt.

Eines Morgens jedoch erschien Hekabe in der Frühe völlig aufgelöst, die Haare etwas zerzaust und weinte.

„Ich habe einen solch schrecklichen Traum gehabt, dass ich nicht mehr wieder einschlafen konnte. Ganz Troja brannte, überall schlugen die Flammen hoch. Ganze Häuser zerbarsten und die Menschen liefen schreiend durch die Strassen."

Ich war ganz erschrocken. Jeder Mensch hat ab und zu Träume, meistens sind es leichte und man hat sie am nächsten Morgen vergessen. Der Traum von Hekabe muss aber so furchtbar, so einschneidend gewesen sein, dass sie sich von ihm gar nicht lösen konnte und der Traum sie noch an den nächsten Tagen regelrecht verfolgte.

Zuerst dachten wir alle, es hinge jetzt mit den Feuern zusammen, die wir der Kälte wegen entzündet hatten.

Hekabe jedoch wiegelte ab. „So ein kleines Feuer, wie wir es jetzt zum Wärmen haben," meinte sie, „das kann doch nicht einen solchen Traum verursachen. Aber dieser schreckliche Traum, und das jetzt während meiner Schwangerschaft, hoffentlich ist das kein ungutes Zeichen! Dafür war er einfach zu intensiv und bestürzend."

Wir versuchten sie zu beruhigen, aber sie kam immer wieder auf diesen Traum zurück.

So kam sie ein paar Tage später zu mir.

„Ich weiss ja, was dir der delphische Gott Apollon geschenkt und prophezeit hat. Sicher hat er einschränkend gesagt, egal, was du anderen Menschen voraussagst oder deutest, das werden sie nicht glauben. Aber das ist ja nur die andere Seite der Medaille. Das was du originär siehst oder spürst, das erste Geschenk also, das kann man ja nicht aus der Welt schaffen. Es ist eben nur eine Frage wie der andere das aufnimmt oder glaubt. Wenn man nur die erste Gabe nimmt und damit deutet, ist ja auf jeden Fall ein wahrer Kern darin.

Sonst wäre ja Apollon unglaubwürdig und das traue ich ihm einfach nicht zu. Du kannst dir sicher denken, worauf ich hinaus will. Ich bitte dich als deine Mutter, nimm meinen Traum ernst und versuche einmal, zu deuten, was dieser Traum für mich und für uns alle bedeuten kann."

Was sollte ich jetzt machen? Ich konnte doch ihren Wunsch, ihre Bitte nicht einfach übergehen und nicht ernst nehmen.

„Liebe Mutter, du weisst, Traumbilder können etwas Gutes anzeigen, aber ebenso bringen sie auch unangenehme Dinge ans Tageslicht. Wenn du stark bist, trotz der Belastung durch deine Schwangerschaft, dann will ich mich des Traumes heute abend, wenn es in der Burg still geworden ist, annehmen und versuchen, hinter das Geheimnis zu blicken. Darf ich dir dann auch alles deutlich erzählen?"

Hekabe nickte.

„Egal, was du herausfindest, ich möchte es wissen und danach wollen wir es auch Priamos mitteilen."

Ich zog mich in meinen Raum zurück und setzte mich in einen Sessel. In der Stille des Zimmers versuchte ich mich in den Traum von Hekabe hinein zu versetzen. Ich sah eine gewaltige Feuersbrunst über Troja und das mitten in einer Schwangerschaft! Das Geschenk von Apollon begann zu wirken. Das Kind sollte ein Sohn werden.

Aber dieses Kind sollte nach seiner Geburt, wenn es hier in Troja bliebe, die Ursache für den Untergang der Stadt werden. Einfach durch seine Anwesenheit! Mehr konnte ich nicht sehen. Auch nicht, wer den Brand legen würde. Das Flammenmeer über Troja und die Anwesenheit des Kindes zerflossen zu einer gefühlten, geschauten Einheit. So schwer es für Hekabe als Mutter klingen würde: Das Kind müsste nach seiner Geburt die Stadt verlassen, um das prophezeite Unheil zu vermeiden und Troja zu retten.

Aber wie sollte ich dies nun Hekabe vermitteln. Der Spruch Apollons und meine Eingebung - ich konnte nicht anders, ich konnte es

Hekabe und Priamos nicht vorenthalten. Jedoch konnte ich es der werdenden Mutter nicht schon jetzt während der Schwangerschaft offenbaren, nein, das ging nicht. Diese Bilder, diese Drohung musste ich erst einmal, so schwer es mir auch fiel, für mich behalten. Daher beschloss ich, meine geschauten Bilder und die Zusammenhänge erst nach der Geburt zu erwähnen. Aber wie würde das zweite Geschenk von Apollon das Verständnis der Eltern beeinflussen? Würden sie meine Eingebung überhaupt annehmen?

Am nächsten Tag, gleich am frühen Morgen, nahm mich Hekabe beiseite.

„Was haben die Götter dir über meinen Traum, der mich noch immer quält, verraten?"

„Liebe Mutter, du und das Kind in deinem Leib verlangen etwas Schonung. Daher habe ich mich entschieden, dir und Priamos deinen Traum durch meine Gabe der Deutung in allen Einzelheiten nach der Geburt zu erklären."

Hekabe war nicht ganz zufrieden. Sie hätte am liebsten alles sofort erfahren, jedoch ich bleib standhaft und vertröstete sie auf später.

Die Zeit verging und der Tag der Geburt rückte näher.

Als es dann so weit war, war es ein Junge, wie ich es schon vorausgesehen hatte. Einen Namen hatten sie für ihn noch nicht gefunden..

Nachdem sich Hekabe ein wenig erholt hatte, kam sie auf mich zu.

„So, nun denke ich, ist es an der Zeit, über meinen Traum zu sprechen. Ist es denn wirklich so schlimm, dass du dich mit der Deutung so zurückgehalten hast?"

Ich nahm all meinen Mut zusammen, um ihr reinen Wein einzuschenken.

„Du hast zwar schon einige Kinder und ich denke, jedes Kind ist dir lieb und teuer. Mit diesem Jungen, so sagt es das Geschenk des

Gottes Apollon aus, hat es jedoch eine besondere Bewandtnis. Es wird für dich, wo du den Knaben neun Monate unter dem Herzen getragen hast, schwer nachzufühlen sein, welches Schicksal ihm beschieden ist. Die Brandfackeln in deinem Traum waren das Zeichen. Wenn er in unserer Mitte bleibt, wird der Untergang Trojas unabwendbar sein. Die Stadt wird in einem riesigen Flammenmeer untergehen. Die einzige Lösung: Wir müssen den Knaben weggeben, dass er aus unserem Leben zum Wohl und zur Rettung der ganzen Stadt verschwinden muss. Frage mich nicht, wieso? Ich weiss es nicht. Manchmal sind die Entscheidungen des Schicksals und der Götter für uns Sterbliche nur schwer verständlich."

Hekabe schlug ihre Hände vors Gesicht und brach in Tränen aus.

Schluchzend stiess sie hervor: „Niemals, niemals! Wie soll ein kleines Kind für das angebliche Wohl und Wehe einer starken Stadt eine Verantwortung tragen? Und ihn weggeben? Nie und nimmer!"

Sie nahm den Kleinen und drückte ihn an ihre Brust.

Was sollten wir machen?

Ich schlug vor, Priamos hinzuziehen.

Irgendwie war die ganze Situation ausserordentlich vertrackt. Auf der einen Seite musste ich in Kauf nehmen, dass mir meine Eltern die Glaubwürdigkeit absprechen würden, wie es Apollon mir auferlegt hatte. Zum anderen war aber die eigentliche Aussage von mir wahr, denn so hatte es Apollon zuerst entschieden.

Nun kam es auf die Meinung und Entscheidung von Priamos an.

Wie zu erwarten, konnte er auch keinen Schnell-Entschluss treffen.

Er sah die schluchzende Hekabe und den Kleinen in ihren Armen. Seinen Sohn!

Man sah ihm den Gewissenskonflikt an.

Hier ein Menschenleben, dort die Zerstörung seiner Stadt!

„Weder ich noch irgendeiner meiner Sklaven könnte den Mut aufbringen, diesen Neugeborenen umzubringen. Daher habe ich mir Folgendes überlegt: Wir beauftragen einen meiner Hirten, dass er den Kleinen irgendwo am Ida-Gebirge aussetzt, wo in der Nähe auch Menschen leben, so dass die Chance besteht, dass ihn jemand findet. Damit wäre die Weissagung erfüllt und er bliebe auf keinen Fall in unserer Stadt."

Hekabe stürzte mit dem Kleinen verstört in ihre Gemächer.

Aber schon bald kam einer der Hirten und nahm ihr sanft den Jungen aus den Armen.

„Königin, ich weiss, wie dir zumute ist und ich tue alles mit Traurigkeit im Herzen, aber es ist eine Order von Priamos."

Wir schauten ihm nach, wie er mit dem Kleinen in Richtung auf die nahen bergigen Wälder schritt.

Ich konnte es verstehen, dass wir Hekabe in den nächsten Tagen nicht zu Gesicht bekamen. Sie hatte sich in ihrer Kammer eingeschlossen, nur die Mägde hatten hin und wieder Zutritt, wenn sie ihr etwas Essen brachten.

Die Zeit heilt alle Wunden. Priamos schien diese Entscheidung nicht weiter zu rühren, Hekabe jedoch litt noch eine ganze Zeit unter dem Verlust des Kindes.

Es vergingen einige Jahre.

Der verstoßene Sohn kehrt zurück

Jedes Jahr fanden in Troja Wettkämpfe unter den jungen Männern statt, an denen sich auch die Söhne von Priamos beteiligten.

Ungefähr achtzehn Jahre waren vergangen, als König Priamos wieder festliche jährliche Kampfspiele zum Gedenken seines toten Sohnes ausrichten liess. Der Sieger sollte einen besonders schönen Stier erhalten, den er aus den Herden am Berg Ida aussuchen liess. Nun traf es sich, dass ausgerechnet dieser Stier der Lieblingsstier eines jungen Hirten mit Namen Paris war. Der junge Hirte wollte sicher gehen und nach Möglichkeit seinen Stier behalten und ging daher zusammen mit dem Stier und den Knechten des Priamos nach Troja. Es war ein stattlicher, gut aussehender Jüngling und als er den Wettkämpfen zuschaute, dachte er, das könne er doch auch. Die Zuschauer waren überrascht, dem jungen Hirten gelang es nämlich, sämtliche Mitkämpfer zu besiegen. Nur Hektor nahm diesmal ausnahmsweise nicht teil. Der Sieg des fremden Hirten erboste die Söhne des Priamos.

Besonders Deiphobos giftete regelrecht.

„Es kann doch nicht sein, dass so ein dahergelaufener Hirte uns auf unseren eigenen Plätzen schlägt und blamiert."

Vor Zorn zückte er das Schwert gegen den Hirten, der aber floh in den nahe gelegenen Tempel des Zeus und suchte dort Schutz. Zufällig kam ich am Tempel vorbei und erblickte voller Erstaunen nicht einen Fremdling, nein, das war kraft meiner Sehergabe der verlorene Sohn, den wir der Wildnis anvertraut hatten und der wohl auf irgendeine geheimnisvolle Weise am Leben geblieben war.

Spontan ging ich auf ihn zu.

„Du hast hier in Troja alle überrascht. Sag mir wer du bist und wer sind deine Eltern?" „Ich lebe so lange ich mich erinnern kann, bei den Hirten am Ida und hüte die Herden des Königs. Alle nennen mich Paris."

Ich beschloss ihm die Wahrheit zu erzählen und nahm ihn mit zu Priamos und Hekabe.

„Schaut her, eine wundersame Begegnung! Dieser hier ist kein fremder Hirte, nein, es ist euer totgeglaubter Sohn, mein Bruder, den ihr damals ausgesetzt habt. Ich habe ihn mit meiner apollinischen Gabe erkannt."

Gleichzeitig stieg in mir aber die frühere Weissagung wieder hoch. Gilt sie noch, auch jetzt noch nach so vielen Jahren? Oder könnten wir alles vergessen, wenn wir ihn bei uns behalten und ihn liebevoll in die Königsfamilie wieder aufnehmen?

Priamos entschied, sich über alle Bedenken hinweg zu setzen und ihn wieder als Sohn aufzunehmen.

Paris war völlig überrascht.

„Es fällt mir schwer, mich von meinen lieb gewonnenen Weideplätzen, von den Hirten, mit denen ich mein Leben geteilt habe, zu verabschieden. Und noch eins: ich habe mich in eine schöne Nymphe verliebt. Diese, Oinone, ist mir in der letzten Zeit ans Herz gewachsen und es würde mir schwer fallen, sie im Stich zu lassen.

Und halt, ehe ich es vergesse, vor gar nicht langer Zeit hatte ich ein ganz seltsames und merkwürdiges Erlebnis, das ich euch nicht vorenthalten möchte. Ich sass so am Waldrand bei meiner Herde, als es neben mir auf einmal rauschte. Die Tiere stoben erschrocken davon. Ein junger Mann mit einem Flügelhelm und einem Stab stand plötzlich neben mir.

'Du bist auserwählt worden,' sprach er mit wohlklingender Stimme, 'ich bin Hermes, der Bote des Zeus. Er schickt mich zu dir. Du wirst in kurzer Zeit eine Aufgabe bekommen, du sollst Schiedsrichter in einem hehren Streit spielen. Damit du weisst, worum es geht: Auf der Hochzeit von Thetis und Peleus – es sind die Eltern des kommenden Helden Achilles - tauchte plötzlich die zänkische, nicht eingeladene Eris, die Göttin der Zwietracht, auf und warf einen goldenen Apfel mit der Aufschrift ‚Der Schönsten' in den Raum, der bis vor den Tisch kullerte, an dem Hera, Athene und Aphrodite saßen. Jede dachte, sie wäre damit gemeint und sie stritten sich heftig, zum Unmut von Zeus am Nachbartisch, dem dieser Streit vor all den Sterblichen im Raum äusserst peinlich war.

‚Ich werde diesen Streit schlichten lassen, ein hübscher junger Mann, wird das Urteil darüber fällen.' Und das ist nun deine Aufgabe, überleg es dir gut, denn egal wie du dich entscheidest, es könnte Folgen haben. Aber eines kann ich dir schon prophezeien: Dieses Ereignis wird noch in Tausend Jahren Dichter und Maler beschäftigen'

Kaum hatte Hermes geendet, als auf einmal, wie aus dem Nichts, drei herrlich anzuschauende Frauen vor mir standen. Ich war regelrecht geblendet und verwirrt von dieser Pracht und Schönheit. Verlegen schaute ich nach unten."

„Junger Mann, du hast von Hermes gehört, worum es geht," begann Hera, die Gattin des Göttervaters, „du musst entscheiden, wem die Ehre gebührt, die Schönste zu sein. Wenn du mich wählst, so verspreche ich dir Macht über große Reiche und du wirst Herrscher über viele Völker werden."

„Du solltest dich für mich entscheiden," folgte Athena, „ich garantiere dir großen Ruhm. In vielen Jahren, ja in vielen Jahrhunderten wird man noch deine Schönheit und deine Weisheit preisen."

Jetzt trat Aphrodite einen Schritt vor und schaute mich mit einem lasziven Augenaufschlag an.

„Was nützen dir all die Dinge, wenn ihnen Liebe und Leidenschaft fehlt. Auch wenn du nur hier in den Bergen ein einfaches Leben führst: Du bist zu mehr geboren. Wählst du mich, so verspreche ich dir die schönste Frau der Welt."

Verlegen schaute ich mir die drei Göttinnen noch einmal an. Beim erneuten Anblick der Aphrodite schlug mein Herz doch ein bischen schneller. Ich nahm den Apfel und überreichte ihn ihr.

Die beiden anderen Göttinnen drehten sich beleidigt um und verliessen diese Stätte. Ich wollte mich noch bei Aphrodite bedanken, aber da hatte sie sich schon in eine Wolke aufgelöst.

Natürlich hat mich dieses Ereignis schwer beschäftigt und am Abend erzählte ich Oinone davon. Sie schien davon überhaupt nicht begeistert zu sein. Und meinte nur: ‚Glaubst du wirklich, dass man Göttinnen so ohne weiteres trauen kann. Solche Geschenke können auch Folgen haben. Und die beiden anderen werden dir deine Entscheidung nie vergessen. Götter vergessen nichts!'

So, jetzt habe ich euch alles erzählt. Ich freue mich riesig, wieder bei euch aufgenommen zu werden. Aber jetzt verzeiht, ich habe Oinone versprochen, alsbald zurück zukommen und ich möchte ihr alles erklären."

Paris pendelte fortan zwischen dem Hof in Troja und seiner Geliebten Oinone. Sie hatte ihm versprochen, wenn er jemals verwundet werden sollte, sollte er sie aufsuchen, denn sie könnte ihn heilen.

Eines Tages entschied Priamos – ob Aphrodite dabei im Hintergrund mitgewirkt hatte, wer weiss – Paris sollte eine Expedition aufs Festland und auf die Peloponnes führen. Er erhielt ein Schiff und zehn erfahrene Seeleute.

Bevor er an Bord gehen wollte, ging ich noch schnell auf ihn zu.

„Bitte fahre nicht! Bleibe hier! In meinen Träumen habe ich eines gesehen: Diese Fahrt wird für dich und Troja Tod und Verderben bringen. Ich habe dir leider noch nicht von einem Traum erzählt, den Hekabe während der Schwangerschaft mit dir hatte."

Enttäuscht musste ich feststellen: Der Fluch Apollons wirkte noch immer. Kein Mensch wollte mir glauben. Auch Paris nicht.

„Ich weiss, auch Oinone hat mich vor dieser Fahrt gewarnt und abgeraten, aber ich möchte nun doch endlich mal nach der einsamen Hirtenzeit etwas von der Welt sehen!"

Fröhlich betrat er das Schiff und winkte mir und den neu gewonnenen Eltern beim Ablegen noch lange zu.

Paris' Rückkehr mit Helena

Das Leben in Troja ging derweil seinen gewohnten Gang. Zusammen mit Hekabe beaufsichtigte ich die Mägde. Es musste Korn gemahlen, das Brot gebacken werden, das Bier zusammen mit den Knechten gebraut werden. Die Schafe mussten geschoren werden, wir brauchten Wolle für den Webstuhl. Nicht zu vergessen, den Käse, den die Milch der Ziegen und Schafe uns lieferte.

Drei Monde vergingen, als eines Tages unser Bote ganz aufgeregt zu uns kam: „Ich glaube, Paris kehrt zurück. Er ist mit seinem Schiff gerade in den Hafen eingelaufen."

Natürlich waren wir alle neugierig, zu hören, was er erlebt hatte und was es Neues auf der anderen Seite der Ägäis gäbe.

Polyxane und ich machten uns auf, um Paris unten am Hafen zu begrüssen. In Windeseile hatte es sich in Troja herumgesprochen, dass Paris zurück war. So waren wir nicht die einzigen, die unten am Kai standen.

Aber was war das? Er war nicht allein. Mit ihm zusammen verliess eine junge Frau das Schiff, deren Schönheit uns fast blendete. Gewiss, Andromache, die Ehefrau von Hektor war eine ausgesprochene Schönheit. Aber diese hier, sie schien von den Göttern mit unglaublicher Schönheit beschenkt worden zu sein. Es ging eine bewunderndes Raunen durch die Seeleute, die am Hafen arbeiteten.

Paris sah uns.

„Wartet ein wenig. Wir gehen jetzt ins Schloss, dann werdet ihr mehr erfahren."

Er nahm die junge Frau, die uns neugierig betrachtete, an der Hand und ging mit ihr zum Schloss hoch.

Dort im grossen Empfangsraum hatten sich schon Priamos, Hakabe und auch Hektor mit Andromache eingefunden.

Priamos schaute die Fremde erstaunt an und man merkte, er war sehr beeindruckt.

Sogleich ergriff er das Wort.

„Wir freuen uns alle, dass du heil und gesund zurückgekehrt bist. Aber du kommst nicht allein. Ich denke, du bist uns jetzt eine Antwort schuldig, wer diese bezaubernde junge Dame ist."

Paris schaute die Fremde ganz verliebt an und zögerte etwas.

„Das ist aber eine lange Geschichte. Wir landeten auf der Insel Kythera, dort wollte ich im Tempel der Aphrodite opfern, denn in mir war noch immer dieses mir auferlegte Urteil am Berg Ida im Gedächtnis. Zufällig war zum gleichen Zeitpunkt diese junge Dame von Sparta nach Kythera gekommen. Zufall war es wohl nicht, denn ich bin mir absolut sicher: Aphrodite hat ihre Hände im Spiel gehabt. Und nun zu ihr: Es ist Helena, die schönste Frau der Welt, sie war bis vor kurzem die Gattin von Menelaos, des Königs von Sparta."

Wir alle schauten ihn erschrocken an. Wie konnte er mit einer mit einem König verheirateten Frau hierher nach Troja kommen? Besonders Hektor schien bestürzt, was eigentlich nicht seine Art ist.

„Frauenraub ist in Griechenland eine heikle Angelegenheit. Das kann Folgen nach sich ziehen. Denn Menelaos wird das nicht so ohne weiteres gut heissen."

Etwas beklommen fiel mir jetzt Hekabes Traum wieder ein.

„Aber lasst mich erst einmal weiter erzählen," unterbrach Paris seinen Bruder, „Helena lud mich und meine Männer nach Sparta ein. Wir beschlossen, diese Einladung anzunehmen. So segelten wir um die Südspitze des Peloponnes herum und kamen nach Sparta. Wir wurden grosszügig empfangen und Menelaos richtete für mich, den Königssohn von Troja, ein großes Gastmahl aus. Dabei konnte ich Helena verstohlen ein wenig beobachten. Wir grazil sie das Weinglas zum Munde führte, wie sie bescheiden nur kleine Bissen zu sich nahm, während Menelaos an ihrer Seite große Portionen verspeiste und sich das Weinglas ständig nachfüllen liess. Ich bewunderte sie," dabei nahm er jetzt ihre Hand, „selbst Göttinnen können ihr nicht das Wasser reichen. Kein Wunder, denn wenn die Sage stimmt, dann ist sie ja ein Kind der Liebe des Göttervaters."

Er machte eine kleine Pause.

„Und dann fügte sich, wohl mit Hilfe von Aphrodite, noch so einiges. Wir waren ein paar Tage als Gäste in Sparta, als Menelaos zu Begräbnisfeierlichkeiten seines Großvaters nach Kreta segeln musste. Bevor er die Stadt verliess, liess er sämtliche Diener kommen; „Auch wenn ich nicht dabei bin, ich hoffe, dass ihr unsere Gäste weiterhin bewirtet, so dass es ihnen an nichts fehlt."

„Wir hatten nun viel Zeit füreinander. Und nach drei Tagen gestand ich ihr: ‚Ich möchte dich gern nach Troja mitnehmen. Ein Leben ohne dich kann ich mir nicht mehr vorstellen.' Sie erschrak zuerst und tat ein wenig empört. Wahrlich eine kühne Bitte, ein ungemeines Verlangen! Hier in Sparta war sie die Königin, hatte all ihre Dienerinnen um sich und vor allem ihre Tochter Hermione. Und letztendlich auch ihren Mann – was würde der sagen? Sie verabschiedete sich an diesem Abend etwas kühl. Dann, so glaube ich, griff Aphrodite wohl wieder in dieses Geschehen ein. Am nächsten Morgen war Helena wie umgewandelt. Sie meinte nur: ‚Das Leben hier am Hofe ist etwas langweilig geworden und mein Mann ist mehr mit der Jagd, dem Kriegsspielen und dem guten Essen beschäftigt. Immer der gleiche Alltag!' Da schien ihr ein Leben an meiner Seite doch etwas spannender und aufregender zu sein. Um es kurz zu machen, sie folgte mir aufs Schiff und jetzt stehen wir vor euch."

Er umfasste sie zärtlich.

Ich schaute meinen Vater an. Auf seiner Stirn bildeten sich einige ungewohnte Steilfalten.

„Mein lieber Sohn, du hast da etwas sehr Eigenwilliges in die Wege geleitet. Wenn ich mir die schöne Helena so anschaue, dann kann ich deine Entführung vollauf verstehen. Aber ich muss doch, auch wenn es euch weh tut, einige Bedenken loswerden. Du weisst aber auch, ein Mann wie Menelaos wird diese Schmach nie vergessen. Einem König die Frau zu rauben, undenkbar! Sicher wird er seinen Bruder Agamemnon, beide Söhne des Atreus, zu Hilfe bitten, um Helena zurück zu holen. Ich kann mir lebhaft vorstellen, dass wir in Troja Ärger bekommen werden, zumal Agamemnon schon seit einiger Zeit ein eifersüchtiges Auge auf unsere wohlhabende Stadt geworfen hat."

Da mischte sich Helena ein, die bis jetzt geschwiegen hatte.

„Ich habe euch und auch dir Paris bislang ein wichtiges Ereignis verschwiegen. Als ich ungefähr achtzehn Jahre war, beschloss mein Vater Tyndareus, dass es an der Zeit wäre, einen standesgemäßen Ehemann zu finden. Da meine Schönheit – entschuldigt, wenn ich das jetzt einmal von mir selbst sage – weit über die Grenzen von Sparta bekannt war, liess Tyndaraeus Botschafter in ganz Hellas herumreisen, einen würdigen Ehepartner zu finden und sie nach Sparta zu bitten. Und so brachen fast alle adligen heiratsfähigen griechischen Jünglinge auf, um am Hofe von Sparta um die Hand der Schönen zu freien. Nur Agamemnon erschien nicht, denn er hatte zuvor meine Schwester Klytemnaistra geheiratet. Unter den vielen Bewerbern befand sich auch Odysseus, der König von Ithaka. Als nun die Boten unterwegs waren, beschlichen Tyndaraeus plötzlich Zweifel. Wie konnte er verhindern, dass abgelehnte Freier beleidigt und voller Ingrimm zurück fuhren und anschliessend ihn mit Feindschaft und Krieg überzogen. Als alle da waren, besprach er diese Furcht mit Odysseus, der für seine Urteilskraft schon damals berühmt war. Und der hatte eine Idee: Wie wäre es – gleichgültig für wen meine Vater oder ich mich entschieden – dass jeder ein Gelübde unterschreibt, dass er die Entscheidung annimmt und ohne Groll wieder seine Heimreise antritt. Und weiter sollte jeder der Bewerber ein weiteres Gelübde unterschreiben, dass er in Zukunft dem gewählten Freier in jeder Notlage beistehen würde. Alle stimmten zu und wir entschieden uns nach langer Überlegung für Menelaos, den Bruder von Agamemnon. So jetzt wisst ihr um diese Vorgeschichte. Ich hoffe, dass die anderen Unterzeichner diesen Schwur schon längst vergessen haben. Und noch so nebenbei: Odysseus entschied sich in der gleichen Zeit für Penelope, die Tochter meines Onkels Ikarios."

„Das habe ich befürchtet," meine Priamos, „sicher weiss Agamemnon schon über alles Bescheid und wird seine Pläne seinem Bruder zuliebe ausführen, obwohl er ja selbst davon nicht betroffen ist."

Hekabe war inzwischen dazu gekommen.

„Liebe Helena, damit du dich hier im Palast zurechtfinden wirst und dich wohlfühlen kannst, will ich dir jetzt alles zeigen."

Priamos verliess den Raum mit einem sorgenvollen Gesicht. Hektor übernahm das Wort.

„Jetzt kann ich ja mit euch beiden meine Einstellung zu allem darlegen," meinte er zu mir und Paris, „ich befürchte, da kommt etwas auf uns zu. Du, Kassandra, hast ja auch schon erhebliche Bedenken geäussert. Ich muss dir, Paris, jetzt noch einige Dinge klären, die dir fremd und unbekannt sind. Hast du dich nicht gewundert, dass du nicht hier am Hofe groß gezogen wurdest, sondern dass du unter Hirten gelebt hast? Ich will es dir zusammen mit Kassandra erklären. Als Hekabe mit dir schwanger war, hatte sie einen furchtbaren Traum. Ihr schwante, Troja würde in Flammen untergehen, wenn du als Kind bei uns bliebest. So hatte es Kassandra gedeutet, denn sie hatte vom Gott Apollon die Gabe der Schau und der Traumdeutung erhalten. Also gaben wir dich nach deiner Geburt weg und die Hirten fanden dich und zogen dich groß. Als wir erfuhren, dass du ein Bruder von uns bist, nahmen wir dich in Freuden auf und vergaßen all die Prophezeiungen. Aber ich denke, und da wird mich Kassandra unterstützen, die Götter vergessen nichts. Sie lassen sich Zeit. Und nun stehen wir vor der unliebsamen, wenn nicht gar gefährlichen Situation, dass Troja Ziel von Vergeltungsmassnahmen werden wird. Da hat Priamos durchaus recht und ich denke ebenso. Und nun zu dir, Paris, ich halte es für das Beste, wenn du ein Schiff nimmst und Helena nach Sparta zu ihrem Mann zurück bringst. Auch wenn du noch so verliebt bist, das kann ich ja verstehen, Helena ist eine aussergewöhnlich schöne Frau. Damit wäre mit Sicherheit der Grund für einen Angriff auf Troja behoben."

Paris reagierte heftig und aufgebracht.

„Gönnst du mir die große Liebe meines Lebens nicht? Nie und nimmer werde ich Helena wieder hergeben! Sie und ich wir gehören zusammen. Das hat Aphrodite gefügt. Und wenn sie hier nicht erwünscht sein sollte, dann verlasse ich Troja zusammen mit ihr. Irgendwo hier in Phrygien werden wir schon eine Bleibe finden."

Hektor verliess den Raum zornentbrannt. So habe ich ihn noch nie erlebt.

Als ich am Abend allein in meinem Zimmer saß, tauchten in mir dieser Traum von Hekabe und meine Deutung wieder auf. Sollten die Bedenken von Priamos und vor allem von Hektor ihre Bedeutung haben und kommendes Unheil ankündigen? Auch wenn Paris jetzt ein junger Mann geworden war und kein Kind mehr war? In dieser Nacht schlief ich schlecht und ich hatte am nächsten Morgen das Gefühl, kein Auge zugetan zu haben.

Helena fügte sich ganz gut in das Alltagsleben im Schloss ein. Sie half den Mägden beim Weben und auch in der Küche liess sie sich ab und zu blicken. Paris war ständig um sie besorgt und man sah die beiden ständig miteinander turteln. Nur mein Bruder Deiphobos konnte seine Augen nicht von Helena werfen, aber sie beachtete ihn kaum, ja, sie übersah ihn so gut es ging.

Die Ankündigung der griechischen Schiffe

Eines Tages kam ein Bote vom Hafen.

„Ich bringe euch einige Neuigkeiten. Seeleute, die von Hellas herüberkamen, berichteten davon, dass eine gewisse Unruhe drüben zu beobachten sei. In einigen Häfen hätten sie Schiffe von Agamemnon gesehen, die überall Kundschafter und Boten an Land setzten. Aber sie verweigerten auf Fragen sämtliche Auskünfte. Irgend etwas schienen sie zu planen.

Einige Wochen später kam eine andere Kunde: Drüben an der Ostküste, in der Hafenstadt Aulis, sammelten sich so viele Schiffe und liefen gar nicht aus. Das musste doch etwas zu bedeuten haben.

Wir waren etwas beunruhigt. Sollte sich tatsächlich eine Reihe von damals abgelehnten Helena-Bewerbern ihrem Gelöbnis gemäss gen Troja aufmachen, um Helena zurück zu holen? Der einzige, dem es keine Gedanken machte, war Paris.

„Die Griechen sind bekannt dafür," meinte er, „dass sie eine Vorliebe für Streitereien haben. Ich glaube nicht, dass sich das in der Zwischenzeit geändert hat."

Helena strahlte ihn an und hakte sich bei ihm unter.

Die Griechen vor Troja

Und dann kam der entscheidende Tag.

Atemlos stürzte ein Bote, vom Hafen kommend, in das Schloss.

„Beim Zeus, sie kommen, eine Riesenflotte von Hunderten von Schiffen ist am Horizont aufgetaucht. Kommt und schaut euch das einmal selbst an," sagte er und stürzte gleich wieder hinunter.

Priamos und Hektor traten an die westliche Mauer, um sich selbst ein Bild zu verschaffen. Ich stand hinter ihnen.

„Haben Agamemnon und Menelaos es doch geschaft die untereinander ständig zerstrittenen Griechen zu mobilisieren," stiess Priamos hervor und leise fügte er hinzu „Und das alles wegen einer Frau!"

War sie wirklich der einzige Grund, dachte ich bei mir? Wenn ich so in mich hineinlauschte, so erschien mir das Ganze als eine von den Göttern verknüpfte Folge von Ereignissen, die wir Menschen nicht bis ins Letzte entschlüsseln konnten.

Mir schwirrten die Bilder im Kopf herum. Konnte ich mich wirklich darauf verlassen, dass die Deutungen von damals überhaupt noch eine Gültigkeit hatten oder hatte sich das ganze in den Jahren verflüchtigt? Konnte ich meinen eigenen Eingebungen noch trauen? Denn wenn ich jetzt diese gewaltige Seestreitmacht draussen auf dem Meer vor meinem inneren Auge passieren liess, dann konnte das nichts Gutes verheissen. Sollte das alles das Vorspiel für die Traumgesichte von Hekabe darstellen? Wenn ja, dann hätte das auch für mich, für mein Leben hier in Troja eine schreckliche Bedeutung.

„Wir müssen sofort alle wehrfähigen Männer mobilisieren. Und wir sollten Boten an alle mit uns verbundenen Städte hier in Phrygien schicken und sie informieren, auf dass sie uns im Notfall zu Hilfe eilen können," drängte Hektor. Priamos nickte mit bedenklicher Miene.

Helena überfielen Besorgnis und Skrupel. Ich hörte, wie Paris beruhigend auf sie einredete. Aber sie liess nicht locker.

„Wenn ich darüber nachdenke, dann gibt es nur einen Grund für das Erscheinen der Flotte. Und das bin wohl ich! Ja.ich! Kann ich vor meinem Gewissen verantworten und vor dir und deiner Familie, dass es zum Kampf mit vielen Toten kommt."

Paris schien noch immer voller Optimismus.

„Mit göttlicher Hilfe haben wir zwei zueinander gefunden. So grausam können Götter doch nicht sein, dass sie das Band zwischen zwei Liebenden wieder zerreissen."

Inzwischen waren die Griechen mit ihren Schiffen gelandet. Aber merkwürdigerweise verliess niemand die Schiffe. Später erfuhr ich, dass ein weiser Seher dem ersten Griechen, der an Land ging, einen schnellen Tod prophezeit hatte. Und so geschah es denn auch, einer der Griechen sprang mutig von Bord und wurde sofort von Hektor getötet, der die Truppen der Trojaner befehligte.

Hektor kam atemlos ins Schloss zurück.

„So einfach wird es mit Sicherheit nicht bleiben. Es sind zu viele, auch wenn man die Menge noch nicht so richtig beurteilen kann, da die meisten noch auf ihren Schiffen sind."

Obwohl er in Eile schien, versuchte ich ihn anzusprechen.

„Meinst du nicht auch, es wäre sinnvoll gewesen, Paris wieder zurück zu seiner Nymphe Oinone zu schicken. Du hast dich damals zurück gehalten, aber unser Vater schien glücklich zu sein, seinen Sohn wieder bei sich zu haben."

Hektor war ungeduldig.

„Was bringt es uns, jetzt über so etwas zu diskutieren? Wir müssen den Tatsachen ins Auge schauen. Die Griechen scheinen es bitter ernst zu nehmen. Selbst wenn wir jetzt Helena an sie ausliefern würden, gegen den Willen von Paris, es würde nichts mehr an der vertrackten Situation ändern. So jetzt lasse mich mit diesen Überlegungen in Frieden. Ich habe Wichtigeres zu tun."

Sprach's und ließ mich stehen.

Auf dem Weg in mein Zimmer begegnete mir Helena. Paris hatte wohl versucht, sie zu beruhigen, aber auch ihr kamen jetzt Bedenken.

„Je mehr ich darüber nachdenke, desto mehr muß ich wohl zur Erkenntnis kommen: Der Hauptgrund für das Auftauchen der griechischen Flotte dürfte zweifelsohne ich selbst sein. Kann ich es überhaupt verantworten, dass es wegen meiner Person zu einem Kampf kommt, mit vielen Opfern, Verwundeten und Toten. Ob Menelaos unter den Griechen ist? Er ist ja, wenn ich es mir recht überlege, der Hauptbetroffene. Er wird mit Sicherheit einen grenzenlosen Zorn haben."

Was sollte ich dazu sagen? Aus Liebe macht man manchesmal Dinge, die man später bereut. So denke ich oft an den Besuch von Apollon zurück, er war schon ein blendend aussehender Mann oder besser gesagt, Gott. Aber es war gut, dass ich auf den Rat von Hekabe und Priamos gehört habe. Ich wäre mit Sicherheit nicht glücklich geworden. Es bleibt mir daher noch immer die Hoffnung, hier in der Umgebung einen Mann zu finden, der mir gefällt.

Inzwischen war es im Schloß und in Troja selbst hektisch geworden. Die Männer zogen ihre Rüstungen an und strömten hinunter an den Strand, um den Griechen entgegen zu treten, die kampfbereit aus ihren Schiffen strömten.

Ich stand an der Brüstung der Burg und schaute auf das Kampfgetümmel herab. Hektor konnte man gut von weitem erkennen an seiner glänzenden Rüstung und an seinem Federbusch auf dem Helm.

Bei den Griechen gab es ebenfalls eine Gestalt, die unter allen anderen herausragte.

Andromache, die inzwischen zu mir gestoßen war, meinte: „Das ist Achilles. Was man so gehört hat, ist er anscheinend einer der größten Helden der Griechen. Von Seiten seiner Mutter soll er göttlicher Abstammung sein."

Ich hatte das Bedürfnis, mich mit irgendjemandem auszutauschen, Andromache schien mir dafür nicht die geeignete Person zu sein, denn ihre Gedanken kreisten momentan nur um Hektor und ihren geplanten Nachwuchs, wie sie mir verriet.

Ein Gespräch mit Priamos zu suchen, hätte wohl zu nichts geführt.

Also fiel mir Hekabe ein. Ich suchte sie in ihren Räumen auf. Sie hatte den Raum abgedunkelt, als wollte sie die Außenwelt mit ihren unangenehmen Tatsachen nicht hereinlassen. Sie saß auf einem Stuhl mitten im Raum und hatte die Hände vors Gesicht geschlagen. Als sie mich bemerkte, nahm sie die Hände weg und schaute mich mit tränenerfüllten Augen an.

„Was haben wir nur falsch gemacht? War es damals richtig, dass wir Paris bei uns aufgenommen haben? Hätten wir ihn zurückgehen lassen sollen, zurück zu seinen Herden im Ida-Gebirge und zu seiner geliebten Nymphe Oinone? Kann man ein zweitesmal so grausam zu seinem eigenen Kind sein und es abweisen? Ich weiß es nicht. Die Absichten der Götter sind für uns Sterbliche oft undurchschaubar!"

Ich wollte sie trösten, vermochte es jedoch nicht. Die Ereignisse draußen Ufer sprachen eine zu deutliche Sprache.

„Mich verfolgt dein Traum noch immer. Nachts liege ich oft wach, höre das aufdringliche Geräusch der Zikaden und ich kann meine Gedanken nicht zügeln," gestand ich ihr, „wir haben eben damals eine gefühlsmäßig nachvollziehbare Entscheidung getroffen, ohne zu ahnen, dass die Götter offenbar nichts vergessen, das Gute nicht und auch nicht das Schlechte."

Ich atmete tief ein und fuhr fort:

„Die Achaier sind einfach zu viele, ich weiß nicht, wie lange wir ihnen standhalten können. Zu Priamos darf ich solche skeptischen Gedanken nicht weiter tragen, er winkt dann nur ab.

,An unseren Mauern und der Tapferkeit unserer Krieger werden sie sich ihre Köpfe einrennen.'

Mehr bekomme ich von ihm dann nicht zu hören. Und in die Zukunft zu schauen, das traue ich mich einfach nicht mehr.‟

In den nächsten Jahren hatte sich das Kriegsgeschehen zu einer gewissen Eintönigkeit gewandelt. Mal zogen die Griechen gegen Troja und scheiterten vor den hohen Mauern und unseren tapferen Kriegern. Mal gelang es den Trojanern bis fast an den Strand zu den Schiffen vorzudringen bis die Achaier sie wieder zurückdrängten. Jedesmal waren natürlich auf beiden Seiten eine Reihe von Gefallenen zu beklagen, die bestattet werden mussten.

Man sah dann abends und am nächsten Tag unten am Meer die Scheiterhaufen brennen.

Eines Tages hatte ich mich gewundert. Was war mit den Griechen los? Sie hatten ihre Kampftätigkeit eingestellt und unten brannten Tag und Nacht die Scheiterhaufen.

Hektor, der an meiner Seite stand, konnte sich das auch nicht erklären.

„In den letzten Tagen haben keine Kämpfe stattgefunden, daher ist es mir unerklärlich, warum so viele Tote drüben zu beklagen sind. Ich werde mal unsere Kundschafter dransetzen.‟

Drei Tage später kam unser Bote mit einer Neuigkeit.

„Es gibt bei den Griechen Streit. Agamemnon ist dabei mitbeteiligt. Die Griechen müssen ja ständig für Proviant für die vielen Krieger sorgen. Dabei hatte Achilles auf einem seiner Raubzüge die schöne Chryseis, die Tochter des Apollonpriesters von Theben, als Gefangene ins Lager der Griechen mitgebracht. Sie wurde Agamemnon als Sklavin zugeteilt. Der Vater der Geraubten war untröstlich über das Schicksal seiner Tochter und suchte das Lager der Griechen auf, um seine Tochter mit Geschenken freizukaufen. Doch Agamemnon lachte den Greis aus, verweigerte die Freigabe und beschimpfte den Priester mit groben Worten. Voller Gram verliess der Alte das Lager. Heimgekehrt flehte er Apollon um Hilfe an, schliesslich hatte er ihm zu Ehren sogar einen Tempel errichten lassen.

Apollon erhörte seine Klagen und bestrafte die Griechen mit giftigen Pfeilen, denen viele zum Opfer fielen. Das Kriegsglück schien sich auf geheimnisvolle Weise von den Griechen abzuwenden. Das waren also die vielen Toten, die am Strand feierlich verbrannt und bestattet wurden. Keiner wusste den Grund, bis der Priester Kalchas den Grund herausfand. Angeblich soll dann doch die schöne Chryseis dem Vater zurückgegeben haben. Schlagartig hielt Apollon seine Giftpfeile zurück. Und dann soll es noch zu einem Streit zwischen Achilles und Agamemnon gekommen sein, aber über Einzelheiten kann ich nichts berichten."

Eine gute Nachricht gibt es in diesen traurigen Zeiten zu vermelden. Andromache erzählte uns, dass sie schwanger sei. Hektor war ganz stolz und strich ihr sanft über das Haar. Natürlich freute ich mich mit. Aber irgend etwas nagte doch an mir. Sicher, ich war ein wenig jünger als Andromache, aber wie sah es mit meiner Zukunft aus? Streicht man einmal das Erlebnis mit Apollon aus dem Gedächtnis, so gab es niemanden, der bei Priamos um meine Hand angehalten hatte. Hekabe meinte immer nur ganz lapidar, wenn ich ihr von meinen Sorgen erzählte: „Nach dem Krieg wird alles anders und besser!"

An dieser Stelle muss ich einmal etwas gestehen. Ich kann es nicht näher begründen, absr Agamemnon ist mir irgendwie unsympathisch. Für mich ist er ein Grobian, dem die leisen Mitteltöne und die Feinfühligkeit fehlen. So, jetzt ist es heraus! Ob Menelaos ähnlich gestrickt ist, kann ich nicht beurteilen und bislang habe ich mich auch nicht getraut, darüber mit Helena zu sprechen. Aber wenn jemand seinen Ehemann mitsamt der eigenen Tochter so ohne weiteres verlässt, das muss schon seinen Grund haben.

Die Griechen schienen sich von den Pfeilattacken Apollons erholt zu haben. Denn jetzt kam es wieder vermehrt zu Kämpfen. Die Trojaner hatten erfahren, dass Achilles nicht mehr mitkämpfte und erhofften sich dadurch Vorteile. Aber trotz allem waren Griechen und Trojaner langsam des jahrelangen Kämpfens müde. Die Achaier wollten, es war immerhin das neunte Jahr vor Troja, heim zu ihren Kindern und Frauen. Die Trojaner sehnten die Vorkriegsruhe zurück.

Jetzt zogen also die Trojaner gegen die Griechen mit Paris an der Spitze. Bei den Griechen stand Menelaos in vorderster Front. Kaum hatte er Paris entdeckt, schoß er wütend auf ihn zu, um sich endlich für diese unerhörte Freveltat zu rächen. Paris sah ihn kommen und tauchte ängstlich im Heer der Trojaner unter.

Normalerweise war es bei den Griechen ungern gesehen, wenn Frauen beim Kampf zuschauten. Aber bei mir als ältester Tochter drückte Priamos mal ein Auge zu, so dass ich bei vielem als Zeuge dabei war.

Inzwischen, es ging fast auf das zehnte Kriegsjahr zu, gab es wieder eine freudige Nachricht. Andromache hatte einem Sohn das Leben geschenkt. Hektor war überglücklich und ich glaube so lange ich ihn kenne, sah ich einige Tränen in seinen Augen.

„Wir müssen alles in unseren Kräften stehende tun, um meinem Sohn eine glanzvolle Zukunft zu bieten. Er soll den kraftvollen Namen ‚Astyanax' erhalten."

Unten am Strand griff jetzt Hektor bei der Truppe wütend in das Geschehen ein.

„Du Feigling," schrie er Paris an, „bist du es nicht gewesen, der durch seinen Liebestaumel uns diese Situation eingebrockt hast! Viele unserer tapferen Männer haben dadurch ihr Leben verloren. Gram hast du über das Haupt unseres Vaters gebracht. Sieh mal, wie höhnisch die Griechen über dich lachen!"

Da fasste sich Paris ein Herz.

„Du hast Recht. Das war eines Trojaners unwürdig. Das soll sich fortan ändern. Nun geh du zwischen die Reihen und verkünde den Kämpfern folgendes:

„Ich, Paris, bin feige gewesen, möchte aber, dass beide Seiten ihre Waffen niederlegen. In der Mitte zwischen den Lagern werde ich mich mit Menelaos im Zweikampf messen. Der Sieger dieses Kampfes bekommt oder behält die schöne Helena und die geraubten Schätze. Die beiden Heere trennen sich in Freundschaft und damit hätte der Krieg endlich ein Ende,"

Helena, die von oben das Schauspiel beobachtete, reagierte etwas empört. Was fiel diesen Männern ein, sie wie ein Handelsobjekt zu betrachten!

Priamos versuchte sie zu beruhigen.

Wir hatten heute ein eigenartiges Klima, das heisst eine merkwürdige Wolkenbildung, so wie ich sie bislang noch nie erlebt hatte..Tief liegende Nebelfetzen zogen vom Meer zu uns herüber, so dass wir manchesmal das Geschehen unten am Strand nur schwer beobachten konnten.

Jetzt trat Hektor zwischen beide Heere und verkündete mit lauter Stimme.

„Griechen und Trojaner, legt eure Waffen nieder, wir haben eine

Lösung gefunden, um diesen grausamen Krieg zu beenden. Paris und Menelaos werden im Zweikampf diesen Krieg entscheiden."

Ich werde diesen unbeschreiblichen Jubel auf beiden Seiten nie vergessen. Die Griechen malten sich in Gedanken die Rückkehr zu ihren Familen aus, die Trojaner erhofften sich wieder ein normales Leben wie früher.

Agamemnon schlachtete zwei Lämmer, die vor dem Kampf für den Göttervater geopfert werden sollten. Zugleich drohte er den Trojanern bei Nichteinhalten der ausgemachten Regeln den Kampf bis zur Vernichtung von Troja weiterzuführen.

Hektor und Odysseus entschieden durch einen Losvorgang den Ablauf. Sie legten zwei Kieselsteine in einen Helm. Einen rauen für Menelaos, einen glatten für Paris und schüttelten den Helm. Als erstes war der glatte zu sehen, das hiess, Paris durfte den ersten Speer werfen.

Helena konnte jetzt nicht mehr zuschauen und hielt sich die Augen zu.

Die beiden Kontrahenten trennten sich rund zwanzig Schritte auseinander.

Paris warf den ersten Speer, der jedoch am Schild von Menelaos abprallte. Dann holte Menelaos aus und warf mit aller Kraft den Speer auf Paris, der den Schild von Paris durchbohrte und ihn an der Schulter verletzte. Jetzt sah Menelaos seine Chance gekommen, den verhassten Störer seiner Ehe zu überwältigen. Er stürmte auf ihn los und hieb ihm mit seiner Streitaxt so heftig auf den Helmbusch, dass die Axt zersplitterte.

Wir hörten bis zu uns hoch Menelaos laut brüllen.

„So, du gemeiner Zerstörer meines Palastfriedens. Jetzt habe ich zwar keine Waffen mehr, absr mir sind noch zwei starke Hände geblieben!"

Er stürzte auf Paris zu und packte ihm am Helmbusch. Paris versuchte sich von ihm zu lösen, aber der Riemen des Helmbusches löste sich nicht, so dass dieser Paris zu strangulieren drohte. Eine der tief liegenden Nebelwolken umhüllte plötzlich die Streithähne. Als sie sich etwas verzog, hatte Menelaos den Helm in der Hand und Paris war verschwunden.

Was war da passiert? Das war doch nicht mit rechten Dingen zugegangen! Sollten die Götter in den Streit eingegriffen haben? Sollte gar Aphrodite ihren Schützling gerettet haben?

Alle, die bei diesem Schauspiel zugeschaut hatten, waren verwirrt. Am meisten natürlich Menelaos.

Laut brüllte er: „Wo bist du Paris? Wo bist du Feigling? Das ist mein Sieg! Das ist der Sieg der Griechen!"

Laut Vereinbarung durfte nun nicht mehr gekämpft werden.. Aber auf Seiten der Trojaner hatte der berühmte Bogenschütze Pandaros die Vereinbarung nicht richtig mitbekommen, legte mit einem Bogen auf Menelaos an und verletzte ihn am Fuß. Damit war der geplante Frieden gebrochen und der neunjährige Kampf ging weiter.

Hektor schaute sich um und suchte Paris. Dort oben traf er ihn, wie er im Schloss seine Waffen begutachtete. Ich hatte mich schon gewundert, wo er geblieben war.

„Verehrter Bruder," so fuhr er ihn gleich an, „alle Trojaner haben sich wieder zum Kampf gerüstet. Und du? Was machst du hier? Dein Platz ist genau wie meiner unten bei unseren tapferen Kriegern, von denen schon so viele für deine Launen ihr Leben gelassen haben."

Ein wenig kleinlaut gelobte Paris Besserung und brach auf.

Ich folgte Hektor bei seinem weiteren Rundgang durch Troja. Unterwegs begegnete ihm Andromache mit ihrer Dienerin, die den kleinen Astyanax auf dem Arm trug. Hektor wollte den Kleinen auf den Arm nehmen, doch der schreckte vor dem gewaltigen, schimmernden Helmbusch zurück. Hektor nahm ihn ab und nahm Astyanax in seine Arme.

„Wie lange wollt ihr eigentlich noch miteinander ringen? Willst du unbedingt dein neugeborenes Kind zur Waise machen und mich zur unglücklichen Witwe. So viele deiner Brüder hat der wütende Pelide Achilles schon erschlagen! Bleib doch hier bei uns!" flehte ihn Andromache an.

„Ich kann dein Bitten verstehen. Doch mein Platz ist an der Seite meiner Krieger. Ich müsste mich schämen, ließe ich sie im Stich. Was sollen sie ohne mich machen?"

Mit viel Mut und Zuversicht trieben die Trojaner unter Hektors Führung die Griechen fast bis zu ihren Schiffen zurück. Wenn ich mir das Treiben von hier oben so ansah, dann vermisste ich Achilles in seiner glänzenden Rüstung. Der Streit mit Agamemnon, der uns berichtet wurde, schien wohl um einiges heftiger ausgefallen zu sein als vermutet.

Hektor schien an diesem Nachmittag unbesiegbar. Wie ein strahlender Held stürmte er gegen die Achaier, die erschrocken vor ihm zurückwichen. Es gelang ihm, bis zu den Schiffen vorzudringen. Aber sein Plan, Feuer an den Schiffen gelang ihm nicht, der Abwehrkampf der Achaier unter der Führung von Aias war zu gross.

So wurde es Nacht und man stellte die Kämpfe ein. Unten sah ich viele Lagerfeuer der Trojaner, die nicht in die Stadt zurück gekehrt waren.

Im Schloss selbst traf ich auf Helena. Sie hatte sich völlig verändert. Ihre frühere Gelöstheit, ihr Frohsinn, ihr Lachen – nichts war davon noch zu spüren. Eine Ängstlichkeit, eine Beklommenheit strahlte von ihr aus. Fast konnte sie mich damit anstecken. Der unsichere Ausgang der Kämpfe liess sie nicht zur Ruhe kommen, auch Paris gelang es immer weniger, ihr Mut und Zuversicht zuzusprechen.

Patroklos, der Freund von Achilles, greift ein

Am nächsten Morgen brach ich schon morgens auf, um den Fortgang des Geschehens zu beobachten. Unten am Strand und auch weiter oben hatten sich Griechen und Trojaner daran gemacht, ihre Toten ehrenvoll zu bestatten.

Auf einmal fassten die Griechen wieder Mut und trieben jetzt die Trojaner vor sich her bis fast an die Mauern zurück.

Doch was war das? Da hatte sich bei den Griechen etwas verändert. Achilles schien zurückgekehrt sein, man sah seine glänzende Rüstung überall auftauchen und er kämpfte mit seinen Myrmidonen wie ein Löwe.

Hatte er seine Meinung geändert? Denn wie uns aus zuverlässiger Quelle berichtet worden war, hatte er sich geweigert, für und unter Agamemnon noch einmal die Rüstung anzuziehen.

Als Achilles dabei war, mit Elan auf die Trojaner zu zu stürmen, gelang es dem Trojaner Euphoros ihn mit seiner Lanze erhebllich zu verletzen. Er fiel nieder, Hektor erblickte es, raste hinzu und versetzte ihm mit dem Speer den Todesstoß.

Als man ihm die Rüstung abnahm, waren alle überrascht.

„Es ist gar nicht Achilles," brüllte Hektor laut durch das Getümmel, „das ist sein Freund Patroklos, der Achilles' Rüstung trug."

„Ich bin nicht der, für den du mich gehalten hast," stiess Patroklos mit ersterbender Stimme hervor, „aber deine Tage sind auch gezählt. Jemand, der stärker ist als du, wird furchbare Rache nehmen."

Es begann ein heftiger Kampf um die Leiche von Patroklos. Daraus gingen die Griechen als Sieger hervor. Die heilige Rüstung des Achilles fiel in die Hände der Trojaner.

Der Kampf von Hektor mit Achilles

Oben an der Rüstungsmauer hatten wir das Drama mit erlebt.

Keiner konnte sich vorstellen, wie Achilles auf den Tod seines geliebten Freundes reagieren würde. Würde er seine Zurückhaltung aufgeben und voller Wut wieder in das Kampfgeschehen eingreifen? Das würde für die Trojaner nichts Gutes verheissen.

In der Tat, es sollte nicht lange dauern und Achilles tauchte in einer neuen Rüstung wieder bei den Kämpfern auf. Als erstes stellte er sich auf einen Wall, rief die Achaier mit Donnerstimme herbei.

„Es ist Zeit, Streitigkeiten zu beenden. Du, Agamemnon, sei gewiss, jetzt gilt es gemeinsam gegen die Trojaner zu ziehen.“

Sein Zorn über den Tod von Patroklos war unermesslich gross und mit seiner geballten Wut schlug er auf die Trojaner ein. Zu Dutzenden fielen sie durch seine Waffen. Es war furchtbar und beängstigend dem Wüten des Peliden zuzuschauen. Wer es wagte, ihm entgegenzutreten, dessen Schicksal schien besiegelt.

Ängstlich, wie ein Rudel aufgescheuchter Tiere, flohen die Trojaner vor dem unerbittlichen Achilles bis zurück in die Mauern. Die es nicht schafften, wurden bis zum Skamander abgedrängt, dessen Fluten sich langsam vom Blut der Erschlagenen rot einfärbte.

Nur Hektor blieb als einer der wenigen draussen vor dem Skaiischen Tor stehen. Als Achilles ihn erblickte, wandte er sich mit furchteinflößendem Gebrüll auf ihn zu.

Wir standen oben an der Mauer und schauten voller Furcht auf das sich anbahnende Geschehen hinunter.

Andromache hatte weinend den Platz neben Priamos verlassen und verschwand im Inneren der Burg.

Als Hektor den auf ihn zukommenden, rasenden Achilles sah, überfiel auch ihn, den Tapfersten von uns, so etwas wie Scheu und er rannte los um die Mauern der Stadt. Achilles verfolgte ihn mit zunehmender Wut. Dreimal umrundeten die beiden die Stadt. Dann blieb Hektor stehen und entschloss sich, den Kampf mit dem Peliden aufzunehmen. Wir konnten deutlich seine Worte hören.

„Höre zu, Pelide, dreimal bin ich vor dir geflohen, aber jetzt gilt es. Entweder ich töte dich oder ich falle. Lass uns vor den Göttern einen Eid schwören. Der Sieger überlässt die Leiche des anderen seinen Gefährten für eine ehrenvolle Bestattung!"

Doch Achilles verhöhnte ihn nur.

„Hier gelten keine Verträge mehr. Komm und stelle dich zum Kampf wie ein Mann."

Zugleich schleuderte er seinen gewaltigen Speer auf Hektor, doch der duckte sich und der Speer flog über ihn hinweg.

Hektor konnte da auch nicht an sich halten.

„Es wäre gut, Pelide, wenn du zu Boden sänkest, du bist das grösste Unheil für unsere Stadt." Und er schleuderte mit aller Gewalt seine Lanze auf Achilles. die aber an dessen heiliger Rüstung abprallte.

Jetzt stürzte Hektor mit seinem Schwert auf Achilles los.

Oben neben mir flehten Hekabe und Praimos zu Apollon um das Leben ihres Sohnes.

Hektor trug ja nun die frühere Rüstung von Achilles, die er Patroklos abgenommen hatte. Offenbar kannte Achilles eine Schwachstelle am Hals in dieser Rüstung und da hinein stiess er jetzt seine Lanze. Hektor sank zu Boden.

Hekabe wurde neben mir wurde ohnmächtig, Priamos konnte sie gerade noch auffangen.

Voller Grausamkeit stiess jetzt der Pelide mit lauter Stimme hervor:

„Hast du wirklich geglaubt, du könntest mir in meiner eigenen Rüstung widerstehen? Hast du nicht geahnt, dass jemand meinen Freund Patroklos rächen wird? Nun sollen Geier und wilde Hunde deine Leiche fressen."

Man konnte noch die schwache Stimme von Hektor hören, der um eine würdige Bestattung durch seine Familie bat. Dann versagte ihm die Sprache.

Nun kamen die Achaier herbeigelaufen und stiessen ihre Speere mehrmals in den Körper des toten Hektor. Achilles zog ihm die Rüstung aus.

Was hatte er jetzt noch in seinem Rachewahn vor?

Er band dem Toten mit einem Lederriemen die Fussgelenke zusammen und band ihn an seinen Streitwagen. Mit einem Peitschknall trieb er seine Pferde an, die den toten Hektor jetzt durch den Staub schleiften.

Hekabe war wieder zu sich gekommen und raufte sich vor Verzweiflung die Haare. Priamos konnte diese grausame Geschehen kaum mit ansehen und wäre fast zusammengebrochen, wenn man ihn nicht gestützt hätte.

Doch Achilles war in seiner Grausamkeit nicht zu bezähmen. Bei den Leichenfeiern für seinen Freund Patroklos spannte er die Leiche Hektors wieder an den Wagen und schleifte ihn zwölf Tage lang um Patroklos' Grab herum.

Ich hätte mir in meinen schlimmsten Träumen nicht vorstellen können, dass ein Mensch in seinem grenzenlosen Hass zu einem solchen grausamen, menschenunwürdigen Verhalten fähig war. Hatte er denn überhaupt kein Gefühl für all die Menschen, die Hektor anvertraut waren? Für seine Frau, für seine Mutter?

Für mich war Achilles – auch wenn die Griechen darüber anders dachten – kein Held mehr, er war ein grober Schlächter!

Der Bittgang von Priamos

Priamos war untrostlich. Er musste etwas unternehmen. Die geschändete Leiche seines Sohnes dort unbegraben zu lassen, das konnte er einfach nicht ertragen.

„Ich bin ein alter Mann," sagte er, „ich werde veruchen, mit Achilles zu reden, ob er noch irgendwelche menschlichen Regungen hat und mir Hektors Leiche herausgibt."

Mutig machte er sich auf den Weg. Die Wachen der Achaier wollten ihn aufhalten.

„Erkennt ihr mein Alter nicht? Ich komme als Bittsteller und in friedlicher Mission. Weist mir bitte das Zelt von Achilles."

Ob die Götter oder auch nur Hermes ihn auf diesem gefahrvollen Weg begleitet haben, vermag ich nicht zu sagen.

Nach einer ganzen Weile kehrte der Vater gramgebeugt durch die Reihen der Griechen zurück.

Mit Tränen in den Augen erzählte Priamos von seinem Besuch bei Achilles.

„Ich habe sein Herz erweichen können. Er hat mir gestattet, Hektors Leiche zu holen und sie ehrenvoll zu bestatten. Neun Tage gewährte er mir für die Trauerzeit, einen Tag für das Begräbnis und einen Tag für die Errichtung des Grabhügels. Danach," so meinte er, „geht der Kampf unerbittlich weiter!"

Die Frauen von Troja standen wehklagend an den Strassen, als der Leichnam Hektors auf einem Wagen, von Maultieren gezogen, in die Stadt hineinfuhr. Andromache hielt voller Schmerz sein Haupt in ihren Händen.

Die Trauergesänge, in die auch ich einstimmte, gingen auch mir zu Herzen.

Helena stand plötzlich neben mir.

„Wir alle haben einen treuen Freund und Beschützer verloren. Ich werde ihn so vermissen, denn er hatte für mich immer ein tröstendes

Wort, wenn die anderen Familienmitglieder, besonders in den letzten Jahren, oft abweisend zu mir waren. Wer soll uns jetzt noch beschützen?"

Die elf Tage mit den Trauerzeremonien gingen wie im Flug vorbei.

Die Trojaner ohne ihren Helden Hektor zogen sich erst einmal in die schützenden Mauern zurück.

Amazonen und Aithiopier greifen ein

Aus einmal kam ganz unerwartet Hilfe von aussen.

Ich konnte es erst gar nicht glauben, es waren Frauen in kriegerischer Montur.

Eine rief zu uns herauf: „Wir haben von eurem Schicksal gehört. Wir sind Amazonen und unsere Königin Penthesilea hat entschieden, euch mit unseren Kämpferinnen beizustehen.“

Sogleich rückten sie gegen die erstaunten Griechen vor und trieben sie tapfer bis an die Schiffe. Als Achilles das bemerkte, griff auch er wieder zu den Waffen.

Als Penthesilea ihn erblickte, ging sie gleich mutig auf ihn los. Ein heftiger Kampf entbrannte, aber schlussendlich gelang es Achilles sie zu besiegen. Als er ihr die Rüstung abnahm, war er wohl höchst erstaunt, gegen eine Frau gekämpft zu haben. Voller Bewunderung kniete er neben ihr nieder und küsste sie auf den Mund.

Achilles übergab die Leiche der Amazonenkönigin an die Trojaner. Hier wurde sie mit ihren sieben gefallenen Gefährtinnen in allen Ehren bestattet.

Nach dem Verlust ihrer Königin verliessen die übrigen Amazonen die Kampfstätte.

Hier in Troja waren wir nach dem Tod von Penthesilea etwas entmutigt. Doch Paris versuchte zu trösten.

„Verzagt nicht, ich habe gerade eine frohe Botschaft bekommen. Memnon, der Aithiopier, sei mit einer gewaltigen Heerschar auf dem Weg, um uns zu unterstützen.“

Es hiess, Memnon sei göttlicher Herkunft, er stamme aus der Liebe der Morgenröte Eos mit dem Jäger Tithonos.

Alsbald traf Memnon mit seinen dunkelhäutigen Mannen ein und stürzte sich gleich voller Kampfeslust in die Schlacht.

Memnon traf auf den jugendlichen Antilochos, den Sohn des alten Nestor, und tötete ihn. Man sagte, Achilles liebte den Jungen fast so wie seinen Freund Patroklos. Wutentbrannt stürmte der Pelide jetzt auf Memnon zu. In einem erbitterten Kampf gelang es Achilles den schwarzen Helden zu töten. Nach dessen Tod zogen die Athiopier wieder zurück in ihre Heimat.

Es wurde immer einsamer um uns Trojaner. Wieder hatten wir einen helfenden Bundesgenossen verloren.

Ich traute mich nicht, einmal in Ruhe in mich zu gehen und meine mir vom Gott Apollon aufgepfropften Gaben aufzurufen. Hatte ich eventuell Angst vor dem, was ich da zu sehen bekommen würde? War meine und unser aller Zukunft alles andere als rosig? Damals war ich einfach zu feige.

Der Tod von Achilles

Mit Achilles hatten die Griechen einen Helden, dem keiner zu widerstehen vermochte und der jetzt wieder wie eine Furie unter den Trojanern wütete, die den Mut fanden, gegen ihn aufzustehen. Ja, bis an die Tore Trojas und hinein trieb er sie.

Und was fiel ihm da ein? Er machte sich an dem Tor zu schaffen. Wollte er gar mit seiner unbändigen Kraft das Tor aus den Angeln heben und damit den Griechen den Weg in die Stadt verschaffen.

Plötzlich hielt er inne. Es klang, als ob ihm jemand drohte, weiter zu gehen.

„Das kann nur Apollon selbst sein," vermutete Paris neben mir, „er beschützt unsere Stadt."

Achilles schien sich nicht einschüchtern zu lassen, so wie es ausschaute, drohte er wiederum dem Gegner mit seinem Speer.

Plötzlich fasste er sich an seine Ferse und schrie wütend auf. Ein Pfeil steckte darin. Wie allgemein bekannt war, war das seine einzige verwundbare Stelle. Seine göttliche Mutter Thetis soll ihn daran gehalten haben, als sie ihn als nach seiner Geburt im Wasser des Styx badete.

Achilles stürzte zu Boden, raffte sich aber mit nicht nachlassender Kraft auf und tötete noch viele trojanische Krieger, bis ihm die Kräfte schwanden und er ermattet zu Boden sank.

Noch einmal rief er mit schwacher Stimme; „Wehe euch, Ihr Trojaner, ihr habt die Hilfe der Götter verloren. Euer Ende ist unabwendbar."

Welch dramatisches Ende! Achilles, der grösste aller griechischen Helden, der Sohn des Peleus und der göttlichen Thetis war tot!

Sogleich begann der Kampf um die Leiche von Achilles. Dem Helden Aias gelang es unter Mithilfe von Odysseus, die Trojaner mit Waffengewalt zu vertreiben.

Siebzehn Tage lang herrschte Waffenruhe. Laut hörte man das Wehklagen der Griechen um den tapfersten ihrer Helden. Dann wurde er auf einem Holzstoss mit verschiedenen Opfertieren verbrannt und in einer goldenen Urne wohl zusammen mit seinem Freund Patroklos unter einem Grabhügel beigesetzt.

Der Tod von Paris

Die Griechen waren nun etwas ratlos. Was sollten sie noch tun, da es nicht einmal mit der Hilfe von Achilles und Aias gelungen war, Troja zu bezwingen.

Ich fühlte mich irgendwie dazu berufen, das ganze Geschehen unten am Strand unermüdlich im Auge zu behalten.

Inzwischen war auch Neoptolemos, der Sohn des gefallenen Achilles zu den Griechen gestossen.

Man sah, wie Odysseus jetzt auf ihn einredete. Er, der ja als der Listenreiche verschrieen war, hatte wohl einen Plan, denn Neoptolemos nickte und schritt hinunter zu seinem Schiff und segelte los.

Vier Wochen später, die Kämpfe flauten nicht ab, kehrte er zurück. Mit ihm entstieg dem Schiff ein Krieger, den ich nicht kannte. .

Durch unseren Geheimboten erfuhr ich aber mehr: Das war der berühmte Bogenschütze Philoktetes. Und er fuhr fort: „Philoktetes wurde damals von den Griechen auf der Insel Lemnos zurückgelassen. Dort erhielt er offenbar von Herakles Pfeile, die mit dem Gift der von Herakles getöteten Lernäischen Schlange getränkt waren. Wir müssen also sehr auf der Hut vor ihm sein."

Kurz nach seiner Ankunft forderte Philoktetes Paris zum Zweikampf auf.

„Stell dich hier zum Kampf. Du hast Schuld an diesem leidvollen Krieg, der schon Tausenden von Griechen das Leben gekostet hat."

Helena war inzwischen mit Priamos an der Brüstung erschienen.

„Wieso muss Paris das alles ausbaden? Seinen Bruder Deiphobos, der anscheinend nichts weiter zu tun hat, als mich ständig anzuglotzen, den habe ich noch nie unter den Kämpfern gesehen."

Insgesamt schienen beide etwas erleichtert zu sein, da Achilles jetzt tot war, ahnten wohl aber nicht, was sich gleich vor ihren Augen abspielen würde.

Gestern abend hatte ich wieder einmal versucht, in die Zukunft zu schauen. Also für Paris sah es nicht gut aus, aber ich wollte Helena nicht ängstigen und schwieg.

Jeder sollte drei Versuche haben. Paris erster Versuch schlug fehl. Der zweite Pfeil von Philoktetes traf. Eine kleine Wunde nur, aber das Gift wirkte schnell.

„Bringt ihn schnell in den Palast, damit wir ihm helfen können!" schrie Helena verzweifelt.

Doch Paris unterbrach sie.

„Tragt mich möglichst geschwind hoch ins Ida-Gebirge zu Oinone, sie hatte mir damals gesagt, sie könne alle Wunden heilen."

Man trug ihn ins Ida-Gebirge zu ihr, aber es dauerte nicht lange und er kam zurück.

Mit schwacher Stimme stiess er hervor: „Sie hat mir nicht vergessen, dass ich sie schmählich verlassen habe und verweigerte jegliche Hilfe."

Es war ein trauriger Anblick, wie Paris in den Armen von Helena sein Leben aushauchte.

Helena weinte bitterlich. So hatte sie sich das Ende ihres gemeinsamen Glücks nicht vorgestellt.

Paris erhielt ein ehrenvolles Begräbnis. Ich möchte die schmerzvollen Szenen am Grab meines Bruders nicht alle aufzählen.

Kaum waren ein paar Tage vergangen, als ich aus Helenas Zimmer Schreie hörte.

„Du feiger widerlicher Schuft, lass mich in Frieden."

Ich stürzte in ihr Zimmer und sah gerade noch Deiphobos aus ihrem Zimmer eilen.

„Da ja nun Paris tot war, wollte er mich heiraten. Ich habe mich geweigert, da hat er mich vergewaltigt. Mögen die Götter ihn für diese gemeine Schandtat bestrafen," schluchzte Helena. Obwohl Deiphobos mein Bruder war, konnte ich ihr nur beipflichten.

Das Hölzerne Pferd

Noch immer nahm das Kämpfen kein Ende und auch die Griechen waren, wie es verlautete, nach fast zehn Jahren fern der Heimat müde geworden.

Eines Tages zeigte sich unten am Strand ein ungewohntes Bild. Die Griechen schleppten aus den umliegenden Wäldern Holz zusammen und bastelten etwas zusammen.

Wie waren wir erstaunt, als nach drei Tagen ein großes hölzernes Pferd am Strand aufragte. Sollte das eine Spielerei sein oder eine neue Kriegsführung? Man sah unten Odysseus emsig herumlaufen und Befehle erteilen. Der hatte mit seiner Verschlagenheit bestimmt irgend etwas im Schilde, aber keiner von uns konnte es erraten.

Und was hatte das jetzt zu bedeuten?

Die Griechen zogen das hölzerne Pferd in die Nähe des Stadttors und eilten dann hinunter zum Strand. Alsdann begannen sie ihre Zelte abzureissen und vieles an überflüssigem Gerät zu verbrennen.

Als wir am nächsten Morgen, als die rosenfingrige Eos ihre ersten Strahlen ausbreitete, an die Burgmauer gingen, bot sich uns ein ungewohntes Bild. Die Achaier waren verschwunden, kein einziges Schiff war mehr zu sehen. Neugierig schauten sich einige Trojaner das Pferd aus der Nähe an.

Aussen soll eine Widmung für die Göttin Pallas Athene angebracht gewesen sein.

Einige Vorwitzige liessen verlauten, dies sei ein Geschenk für den Tempel der Athene und man sollte das Pferd in die Mauern hinein ziehen.

In dieser Nacht hatte ich wieder eine furchtbare Eingebung. Ich sah Flammen und berstende Trümmer. Diese Pferd konnte nur eine listige Falle sein.

Am nächsten Morgen jedoch konnte ich nicht an mich halten und schrie die Trojaner an: ‚Ihr Narren, lasst ab von diesem Pferd, das bedeutet unseren Untergang. Das ist eine List. die sich Odysseus ausgedacht hat!'

Aber keiner hörte auf mich, keiner glaubte mir – das war es, das Geschenk von Apollon! Ich konnte so laut schreien wie ich wollte, ich glaube, viele hielten mich für verrückt. Das war nun mal mein Los!

Unten am Strand führte der Priester Laokoon, begleitet von seinen beiden Knaben eine Opferung durch. Als er das hölzerne Pferd erblickte, schrie er lauthals: „Trojaner, seid ihr denn von Sinnen. Dieses Pferd ist eine Falle des listigen Odysseus. Glaubt mir, im Inneren des Pferdes sind griechische Krieger verborgen. Wenn ihr das Pferd in die Stadt hineinzieht, so ist das euer Ende."

Kaum hatte er geendet, als das Meer aufschäumte und eine Riesenwelle die beiden Söhne von Laokoon mit ins Meer riss. Laokoon, der ihnen zu Hilfe kommen und sie retten wollte, wurde genauso verschlungen. Viele meinten, sie hätten dabei zwei riesige Schlangen gesehen.

Auf dem Weg zurück ins Schloss traf ich noch Helena.

„Diese Narren, diese einfältigen Kerle. Sie glauben tatsächlich, der Tod des Laokoon sei ein Wink der Götter, um das Pferd doch in die Stadt zu ziehen. Ich fürchte, Trojas Ende ist gekommen. Bereite dich also auf eine Begegnung mit Menelaos vor."

Bevor ich schlafen ging, schaute ich mir noch einmal das hölzerne Pferd gründlich an. Die Trojaner hatten es tatsächlich mit viel Energie und untergelegten Baumstämmen geschafft, das Pferd bis in die Stadt hinein zu ziehen. Von aussen sah es ausgesprochen harmlos aus. Sollte ich mich wirklich so geirrt haben? Und auch der arme Laokoon, auf dessen Urteil ich mich immer verliess?

Jetzt feierten die Trojaner ihren Sieg wie sie glaubten. Der Wein floss in Strömen und die Siegesgesänge hallten durch die Nacht, bis sich die meisten von ihnen ermüdet von Wein und Gesang zum Schlafen legten.

Das Ende Trojas

In der Nacht schreckte ich hoch. Was war das? Fürchterliches Geschrei und Waffengeklirr drang an mein Ohr. Schnell eilte ich noch mal an die Brüstung. Voller Entsetzen sah ich an der Seite des Pferdes eine geöffnete Klappe und gerade sprang ein Krieger in voller Rüstung heraus.

Laokoon hatte Recht gehabt. Im Inneren des Pferdes hatten sich griechische Krieger versteckt.

Jemand hatte offenbar ein Stadttor geöffnet geöffnet und die Achaier strömten in hellen Scharen hinein. Wo kamen sie plötzlich her? Sie waren gar nicht abgereist, sondern hatten sich hinter irgendwelchen Klippen und Felsvorsprüngen versteckt. Jetzt fielen sie über die Trojaner her. Jeder der ihnen entgegenkam, meist noch voll des Siegesweines, wurde erbarmungslos niedergeschlagen. Jammern und Klagen durchdrang das Innere von Troja.

Bald stürmten die ersten Griechen ins Schloss.

Laut hörte ich Menelaos brüllen: „Wo ist diese treulose Weib? Wo hält die sich versteckt? Heute ist der Tag der Rache!"

Er raste durch die Gänge. Helena hatte sich wohl vor lauter Furcht eingeschlossen, Deiphobos stand vor ihrer Tür.

Es hatte sich herumgesprochen, dass er Helena wider ihren Willen genommen hatte.

„Du Schurke! Was ist dir eingefallen? Das wirst du mir büßen."

Deiphobos versuchte sich noch zu wehren, aber gegen Menelaos hatte er keine Chance. Gnadenlos stach dieser ihn nieder.

Ich stand vor Angst zitternd am Ende des Ganges.

„Du kommst auch noch dran!" brüllte er mich an. Dann warf er sich mit voller Wucht gegen die Tür des Zimmers, in dem sich Helena versteckt hatte.

Mit dem Schwert wollte er eigentlich auf sie losgehen. Aber als er sie nach so langer Zeit wieder sah, schön wie eine Göttin, da verrauchte sein Zorn. Helena schaute ihn so gut sie in der Aufregung konnte, mit einem verführerischen Lächeln an.

„Glaube mir doch, alles geschah ohne meinen Willen. So wurde ich nach Troja entführt. So oft habe ich versucht, zu fliehen, aber immer wieder haben die Wächter mich d abei erwischt. Aber wie freue ich mich jetzt, dich endlich wieder zu sehen."

Etwas grob zerrte er sie an der Hand heraus.

„Was sollen diese lügnerischen Worte? Du kommst jetzt mit auf mein Schiff und dann reden wir noch mal miteinander!"

Vor lauter Angst flüchtete ich mich in den Tempel der Athene und glaubte mich hier sicher. Aber die Griechen waren jetzt ausser Rand und Band.

Da erspähte mich Aias der Lokrer, stürmte in den Tempel und vergewaltigte mich dort.

„Du widerlicher Grobian! Diese Schändung ihres Tempels wird dir die Göttin Athene nie verzeihen," schrie ich ihn an.

Kaum hatte ich weinend den Tempel verlassen, stürmte Agamemnon heran, sah mich und rief: „Komm mit, du fehlst mir noch zur Unterhaltung auf meinem Schiff."

Einer seiner Krieger zog mich hinter ihm her in Richtung Strand.

Gerade konnte ich noch mit ansehen, wie Menelaos Helena auf sein Schiff trieb. Was mochte wohl aus ihr werden?

Unterwegs wurde ich Zeuge einer grausigen Tat.

Oben an der Brüstung standen Krieger von Neoptolemus, einer von ihnen hielt einen kleinen Knaben in der Hand und warf ihn in hohem Bogen hinunter auf die Felsen.

„Ihr grobherzigen Griechen!" schrie Andromache verzweifelt, „ihr, die ihr mehr auf eure Waffentaten stolzer seid als auf euren Verstand! Was habt ihr von diesem Kind zu befürchten gehabt!"

Hekabe fiel weinend in ihre Klagen ein.

„Wir gern habe ich den kleinen Astyanax in meinen Armen gehabt. Wie feige von euch, ein Kind zu töten, nur um alle aus dem könig-

Die verzweifelte Kassandra vor der brennenden Stadt
Troja (1898)
Evelyn de Morgan, London, De Morgan Centre

lichen Geschlecht Trojaszu beseitigen!"

Andromache stimmte ihr bei

„Ein trauriger Abschied von meiner Heimat, die lichterloh brennt. Ein Abschied von meinem geliebten Hektor! Und nun habe ich auch noch das Allerliebste, das ich hatte, mein einziges Kind auf solch unmenschliche Weise verloren. Wie können Menschen so grausam sein! Was steht uns nun bevor? Ein furchtbarer Gang in die Sklaverei!"

Da kam Agamemnon zusammen mit Neoptolemos zu uns.

„Du, Andromache, kommst auf mein Schiff, Ich nehme dich mit als Sklavin in das Land der Myrmidonen," sagte Neoptolemos barsch zu ihr. „Und du, Hekabe, dich werden die Mannen Odysseus' abholen und dich mit in sein Heimatland nehmen.

„Und du, Kassandra, du wirst die beiden nie wieder sehen," polterte Agamemnon. „Du wirst mir jetzt auf der Heimfahrt nach Argos auf meinem Schiff ein wenig Gesellschaft leisten!"

Was ich fast befürchtet hatte, war eingetreten. Mir war klar, dass ich bei einem der griechischen Heerführer als Sklavin dienen würde. Aber musste es ausgerechnet Agamemnon sein, dessen geringe Feinfühligkeit schon an seinem groben Gesicht zu erkennen war!

Einer seiner Mannen vom Schiff fasste mich an und zog mich in Richtung Schiff.

Die herunter gekommenen Männer auf dem Schiff verhöhnten und verspotteten mich. Am liebsten hätten sie mich angefasst und begrabscht.

„Lasst ja eure dreckigen Pfoten von mir," habe ich diese Kerle angegiftet.

„Deinen Hochmut werden wir dir schon noch austreiben," brüllten sie und lachten dabei.

Was erblickte ich da? Zwei Griechen hatten meine jüngste Schwester Polyxane gefasst und zogen sie hin zum Grabhügel von Achilles.

„Wir haben bei der Bestattung von Achilles gelobt, ihm etwas besonders Wertvolles und Schönes nach dem Fall der Stadt zu opfern. Kein Gold, keine Edelsteine, nein, deine hübsche, junge Schwester soll es sein," rief er mir zu und lachte hämisch."

Polyxane weinte verzweifelt.

Die Männer von Agamemnon zogen mich erbarmungslos weiter.

„Komme endlich und schau dich nicht überall um. Wir wollen ablegen."

Ich hörte noch einen furchtbaren Schrei, der schnell verstummte. Das war sicher die arme Polyxane.

Welch eine schreckliche Tat! Ein junge Mädchen in der Blüte ihrer Jahre für einen solchen grausamen Krieger wie Achilles zu opfern.

Auf dem Schiff wurde mir so eine Art Verschlag zugewiesen. Auf dem Boden nur etwas Schilf und Stroh.

Wir legten ab.

Das Meer war zum Glück sehr ruhig, Seeleute hatten mir erzählt, dass man bei starken Wellen seekrank werden könnte.

In der zweiten Nacht befahl mir Agamemnon, zu ihm zukommen. Kaum war ich bei ihm drin, fiel er über mich her.

Ich muss an dieser Stelle gestehen, ich war noch nie mit einem Mann intim.

Hekabe hatte fast pedantisch immer darauf geachtet, dass ich nicht mit Männern zusammenkam, die ihrer Ansicht nicht standesgemäss waren.

Diese Nächte waren für mich so schrecklich, dass ich darüber kein Wort mehr verlieren möchte.

Rückkehr nach Mykene, Agamemnons Tod

In Mykene angekommen, wurden wir von Klytemnaistra begrüsst. Ihre Freundlichkeit, ihre Herzlichkeit – die waren nicht echt, die waren aufgesetzt. Das spürte ich sofort, obwohl ich sie ja noch nie gesehen hatte. Das hatte mit Sicherheit etwas zu bedeuten.

Ich glaube, Agamemnon fiel das nicht auf.

„Ich denke, du bist jetzt sicher von der anstrengenden Fahrt ermüdet. Daher habe ich dir von den Dienerinnen ein Bad anrichten lassen. Danach wollen wir eure Wiederkehr mit einem Festmahl feiern," säuselte sie

Agamemnon war einverstanden und liess sich von den Dienerinnen entkleiden und liess sich im Bad nieder.

Was sollte ich eigentlich hier machen? Ich kam mir etwas überflüssig vor, und willkommen war ich hier in Mykene mit Sicherheit schon mal gar nicht.

So blieb ich am Eingang zum Bad stehen.

Auf einmal tauchte Klytemnaistra mit einem Netz in der Hand im Bad auf.

Hinter ihr stand noch etwas verborgen ein Mann, den ich nicht kannte. Klytemnaistra warf dieses Netz über den ahnungslos im Bad sitzenden Agamemnon und schrie ihn an.

„Du gemeiner Schuft, du hast meine Lieblingstochter Iphigenie unter fadenscheinigem Versprechen nach Aulis gelockt, nur um deine unsinnigen Kriegspläne zu verwirklichen. Um sich als großer Führer aufzuspielen! Oder um deinem Bruder Menelaos einen Gefallen zu tun! Nur allein deswegen musste Iphigenie sterben. Das vergesse ich dir nie. Das verzeihe ich dir nie und nimmer. Das ist jetzt meine Rache für dein Vergehen!"

In der rechten Hand hatte sie ein großes Messer versteckt und stach damit mehrmals auf den wehrlosen Agamemnon ein. Der Mann hinter ihr, sie nannte in Aigistheus, unterstützte sie bei ihrer Mordtat.

Dann sah Klytemnaistra mich und brüllte mich an: „Du falsche Schlange, du hast mich mit meinem Mann betrogen. Du verdienst nichts anderes als den Tod."

Erschrocken und verängstigt wollte ich fliehen, aber die Männer des Palastes holten mich schnell wieder ein."

An dieser Stelle enden die Aufzeichnungen der Königstochter Kassandra von Troja.

Was danach kommt, die Geschichte von Elektra, ihrer Schwester Chrysothemis und Orest, das ist eine Folge dieser Untaten am Hof von Mykene und hat mit Kassandra nur ganz am Rande etwas zu tun.

Einige Erläuterungen

Nicht jeder ist in der umfangreichen griechischen Mythologie bewandert, daher hier einige Erklärungen

Achaier: So werden die Griechen auch genannt nach ihrem Stammland Achaia auf dem Peloponnes. Andere Namen: Danaer – nach dem mythischen König Danaos; Argeier – nach der griechischen Landschaft Argolis

Aphrodite (römisch „Venus") – die Göttin der Liebe. Ihre Herkunft ist wohl die geheimnisvollste aller Olympier.
Die Schaumgborene, wie sie auch genannt wird, oder Kypris, da sie der Sage nach in Zypern an Land stieg.

Apollon - Gott des Lichtes, der Musik und der Wahrsagekunst; ein Sohn von Zeus und Leto, geboren auf der Insel Delos zusammen mit seiner Zwillingsschwester Artemis. Er ist der Herrscher über das Orakel von Delphi

Artemis (im römischen „Diana") ist die jungfräuliche Göttin der Jagd

Athene – eine Kopfgeburt des Zeus. Ebenfalls eine jungfräuliche Göttin und Schutzpatronin der Stadt Athen. Sie spielt in der Odyssee eine große Rolle.

Hades – Herrscher der Unterwelt. Nach dem Sieg über die Titanen teilten sich die drei Brüder Zeus, Poseidon und Hades (Pluto) die Welt unter sich auf

Hera - Schwester und zugleich Gattin von Zeus

Herakles – ein Sohn des Zeus, zusammen mit Alkmene, die Zeus in Abwesenheit von Amphitryon beglückte. (im römischen „Her kules")

Hermes – der Götterbote, ein Sohn des Zeus mit der Nymphe Maia (unehelich, versteht sich), Schutzpatron der Kaufleute und der Diebe (im römischen „Merkur")

Poseidon – neben Hades ein Bruder des Zeus. Herrscher der Gewässer, der Flüsse, Quellen und Meere. Der Gott mit dem Dreizack

Literatur

Carstensen, R,: Griechische Sagen, Nacherzählt, dtv, 41. Auflage 2017

Euripides; Die Troerinnen, Übersetzt und herausgegeben von Kurt Steinmann, Reclam,1987

Noll. M., u.Schug, D., Klassische Sagen, Lechner Eurobooks, 1996

Rose, H.J.; Griechische Mythologie, Ein Handbuch, 1. Aufl., Beck'sche Reihe, 2013

Ranke-Graves, R. von,; Griechische Mythologie, Quellen und Deutung, Rowohlts Enzyklopädie, 1992

Stapleton, M., u. Servan-Schreiber, E.; Lexikon der griechischen und römischen Mythologie, Xenos Verlagsgesellschaft, 1978

Volkmer, D,; Helena und Paris; Eine dramatische Liebesgeschichte; 2017, Books on Demand,

Volkmer, D.; Helena, Die Geschichte einer schönen Frau, 2020, Books on Demand

Volkmer, D.; Herakles, Der Weg des Menschen; 2020, Books on Demand,

Volkmer, D.; Die Odyssee – Eine psychologische Reise nach Ithaka, 2013, Books on Demand

Volkmer, D.; Griechische Momente, 2022, Books on Demand

Literatur für Freunde Griechenlands

Helena und Paris
Eine dramatische Liebesgeschichte

Books on Demand

Näheres unter
www.literatur.drvolkmer.de

Helena
Die Geschichte einer schönen
Frau

Books on Demand

Näheres unter
www.literatur.drvolkmer.de

Griechische Momente
Eindrücke, Reisen, Mythen

Books on Demand

Näheres unter
www.literatur.drvolkmer.de

Die Odyssee
Eine psychologische Reise nach
Ithaka

Books on Demand

Näheres unter
www.literatur.drvolkmer.de

**Frankfurt und die Götter des
Olymp**
Ein fiktiver Besuch aus der Antike

Books on Demand

Näheres unter
www.literatur.drvolkmer.de

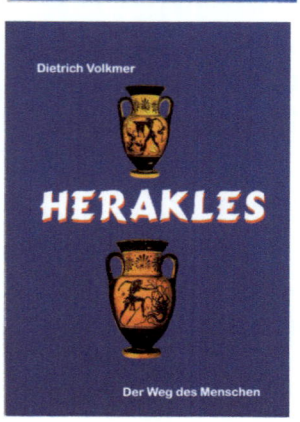

Herakles
Der Weg des Menschen

Books on Demand

Näheres unter
www.literatur.drvolkmer.de

Demokrit
Vom Mythos zur Atom-Theorie

Books on Demand

Näheres unter
www.literatur.drvolkmer.de

Antigone - Königstochter aus Theben

Books on Demand

Näheres unter
www.literatur.drvolkmer.de